L'empreinte de l'ange

(*Dévoilement*)

DU MÊME AUTEUR

Roman
Isfet et Maât,
BOD, juin 2020

Thématique
Excel dévoilé,
BOD, novembre 2020

Pascal Gauthier

L'empreinte de l'ange

Roman

Éditeur : BoD-Books on Demand
12-14 rond-point des Champs-Élysées, 75008 Paris
Impression : Books on Demand, Norderstedt, Allemagne

ISBN : 978-2-3222-4832-2

Dépôt légal : Février 2021

REMERCIEMENTS

Mes remerciements vont en premier lieu à la personne qui a eu la délicate tâche de me soutenir dans ce nouveau projet ; mon épouse. J'aimerais également rendre hommage à tous les « Charles » qui se reconnaîtront dans la lecture de ce roman.

PROLOGUE

La pluie ne cesse de tomber depuis des jours, la Seine déborde de toutes parts ; de Melun [1] à Paris, les villages ressemblent à de gigantesques marécages. Terre-Bounnain ne déroge pas à la règle, situé à une quinzaine de lieues de la capitale, il paraît endormi, toutes les âmes sont cloîtrées chez elles… en attendant la prochaine éclaircie.

Pourtant une silhouette semble braver les éléments, le pas lourd, elle s'approche de l'entrée de la seule taverne du bourg. Les quelques vieux paysans accoudés au comptoir aperçoivent alors une femme gironde s'avançant vers eux en boitant. Le visage et les vêtements trempés, elle s'adresse au cafetier.

    — Bonjour, monsieur.

    — Où qu'vous allez ma p'tite dame avec vos dépattures [2] ?

    — Je cherche la demeure des Pagiaut.

---

[1] Préfecture de Seine-et-Marne.
[2] Boue qui reste accrochée sous les souliers. (en vieux patois briard)

- Vous seriez pas l'accoucheuse ? lui demande un client.
- C'est bien moi.
- J'suis leur voisin, j'vais vous y emmener.
- C'est gentil de votre part.

Ils sortent tous les deux affronter de nouveau les intempéries. La ventrière[3] ne le sait pas encore, mais cette journée du 17 septembre 1820 restera gravée à jamais dans sa mémoire.

La maison de la famille Pagiaut se trouve de l'autre côté du village, elle suit le brave homme dont la démarche sinueuse en dit long sur son état d'ébriété.

Au bout de quelques minutes, il s'arrête net.

- C'est là où qu'vous voyez la lumière.
- Je vous remercie, je vais terminer le chemin toute seule.
- J'espère que ce s'ra un gars ! dit-il en rentrant titubant chez lui.

Elle n'est pas vraiment surprise de cette réaction, dans les bourgades la main-d'œuvre fait largement défaut et l'arrivée d'un nouveau *male* est toujours une aubaine pour l'activité des champs.

La maison qu'elle s'apprête à pénétrer n'est manifestement pas celle d'un manouvrier[4], elle est de taille respectable, ses occupants doivent probablement travailler dans l'administration.

Cela va faire maintenant deux heures que Jean tourne en rond dans le salon, un œil sur l'horloge, un autre par la fenêtre et une oreille vers la chambre. Il commence à s'angoisser… si la météo l'empêchait d'arriver… que va-t-il advenir de sa femme… son enfant… ?

---

[3] Sage-femme.
[4] Ouvrier, le plus souvent agricole, qui accomplissait des travaux saisonniers pour le compte d'autrui.

Au même moment, trois coups sur la grosse porte en bois retentissent, il se précipite vers le hall et ouvre à l'accoucheuse avec un énorme soupir.

    – Je... je m'inquiétais, le temps, les inondations…

    – … Monsieur Pagiaut ?

    – Euh, oui, excusez-moi, entrez.

Tout en se débarrassant de son manteau, elle prend soin de bien nettoyer ses chaussures. Elle est amusée par le crâne ruisselant de sueur du futur père affolé, il n'aurait été plus trempé que s'il venait de l'extérieur.

    – Soyez rassuré, monsieur Pagiaut, maintenant que je suis là tout va bien se passer.

Jean esquisse un léger sourire de soulagement et l'invite à le suivre.

La demeure qu'elle traverse est bien comme elle l'imaginait, un salon, une cuisine, et probablement plusieurs chambres. La décoration est assez coquette, quelques bibelots et tableaux de petites signatures disposés harmonieusement.

Un long couloir étroit mène à la chambre parentale, de petits cris de douleur se font entendre. La fréquence des plaintes conforte l'accoucheuse sur l'urgence de son intervention. Elle accélère son pas claudiquant, ce qui n'est pas pour rassurer Jean. En ouvrant la porte, elle entrevoit, assise sur son lit, Marie Pagiaut. Le visage de la future mère s'apaise en apercevant celle venue l'aider à donner la vie.

    – Je suis heureuse de vous voir… Ah, oh mon Dieu !

Elle s'approche de Marie, lui installe quelques oreillers afin qu'elle se trouve dans la meilleure position pour le travail.

    – Allongez-vous, la douleur sera moindre, et vous, monsieur Pagiaut, je vous demanderai de nous laisser seules.

Jean s'exécute sans dire un mot. Rapidement, de grosses gouttes perlent de nouveau sur son front, les hurlements de son épouse l'inquiètent… que se passe-t-il ? Il se sent impuissant. Les cris se font de plus en plus fort, Jean est sur le point d'ouvrir la porte de la chambre… soudain… le silence. Il reste figé, la main sur la poignée ; ces quelques secondes durent une éternité, et tout à coup, le soulagement ; des pleurs de nouveau-né viennent briser cette longue angoisse.

Jean se précipite à l'intérieur de la pièce, Marie l'accueille avec une joie intense.

– Regarde Jean ! Notre fils !

L'émotion est trop forte, il s'écroule sur une chaise, se prend le visage à deux mains et fond en larmes.

– Oh, mon Dieu, regarde Jean !

Il lève la tête et observe la mine radieuse de son épouse, mais également le regard inquiet de l'accoucheuse. Il se précipite vers le lit.

– Quoi, qui y a-t-il ?

– Regarde, regarde la bouche de notre fils !

Jean n'en croit pas ses yeux, deux petites incisives ; son enfant est né avec deux dents. Il ne sait trop comment réagir, l'attitude de la ventrière dénote avec l'enthousiasme de Marie.

– Est-ce grave ?

S'apercevant du doute, elle change de comportement et tente de rassurer le père, elle ne veut pas l'inquiéter sur l'autre particularité de leur fils, celle qui expliquerait son trouble.

– Pas du tout monsieur Pagiaut, c'est juste assez rare. Votre enfant est un peu... en avance, voilà tout.

Elle ramasse toutes ses affaires et prend congé de la famille Pagiaut.

– Encore une fois, n'aillez aucune crainte, votre petit se porte bien.

La femme reprend le même couloir qu'en arrivant, toujours en claudiquant.

– Merci, madame, je vous souhaite une bonne journée.

De retour dans la chambre, Jean est de suite interpellé par son épouse.

- Alors, que t'a-t-elle dit ?

- Que tout allait bien !

- Pourquoi fais-tu cette tête dans ce cas ?

- J'ai juste été surpris, c'est pas banal tout de même...

- ... mais Jean, c'est la marque des grands hommes !

- Que racontes-tu ?
- Mazarin, Louis XIV et même Napoléon sont nés avec des dents…
- … Marie, voyons, la marque des grands hommes, tu n'exagères pas un peu.
- Non Jean, je le sens, c'est un miracle, notre fils va avoir un beau destin.

Quelques jours plus tard, la duchesse du Berry donnera naissance à Henri le fils posthume du duc du Berry assassiné le 13 février de la même année. À cause de cette naissance post mortem, la ferveur populaire donnera au jeune Henri le surnom *d'enfant du miracle*. Ma mère y verra un signe de plus que je suis définitivement un enfant du miracle.

Je me présente, Charles Pagiaut, je viens de m'ouvrir à la quête de ma propre vie, celle d'un être, pas comme les autres.

PARTIE 1

LA CONSCIENCE

Connais-toi toi-même, et tu connaîtras l'univers et les dieux

Fronton du Temple d'Appolon à Delphes

CHAPITRE 1 : OMNIA SCRIPTUM EST [5]

L'information d'un enfant né avec deux dents a rapidement fait le tour de Terre-Bounnain et de ses environs. Les passages des amis et voisins s'enchaînent dans la maison familiale, mais l'une des visites va changer ma vie à tout jamais… je ne le découvrirai que bien plus tard.

Ce matin du 20 septembre 1820, trois jours après mon arrivée parmi les hommes, un jeune journaliste va se présenter à mon père. Il se nomme Étienne Vitré. Il n'a pas vraiment choisi de faire ce petit reportage, mais les événements à Paris ont eu raison de cette décision. Depuis le mois de juin, le président du Conseil des ministres, le duc de Richelieu [6] a été contraint par une extrême droite qui s'est mobilisée pour l'occasion de voter un ensemble de lois répressives, notamment sur la censure de la presse.

---

[5] Tout est écrit.
[6] Armand-Emmanuel du Plessis.

Son métier de journaliste et d'écrivain l'a amené, il y a quelques mois maintenant, à emménager dans une maison bourgeoise de Terre-Bounnain, c'est donc également en voisin qu'il vient frapper à notre porte.

– Bonjour monsieur Pagiaut.

– Bonjour ! que puis-je pour vous ?

– Je me présente Étienne Vitré, je suis journaliste…

– … oui, je sais, mais que voulez-vous ?

La réaction de mon père est assez classique, il se méfie de tout le monde, qui plus est s'il s'agit d'un journaliste. Mais le jeune Étienne Vitré n'est pas homme à se laisser déconcerter.

– Je souhaiterais réaliser un petit article sur votre femme et votre fils, Charles n'est-ce pas ?

– Oui, c'est cela.

– Vous voyez, le journal que je représente est très intéressé par la naissance peu ordinaire de Charles…

– … Très bien, très bien, je vais voir si mon épouse accepte de vous recevoir.

Mon père le fait patienter le temps que ma mère termine de m'allaiter. Étienne observe par la porte entrouverte du salon une scène étrange où il voit une mère semblant souffrir le martyre. Effectivement si l'enfant possède des dents, c'est tout à fait normal, se dit-il, et il imagine déjà plusieurs titres tant il n'a pas envie de prolonger une entrevue pour faire un article dont il se moque. « Mais au moins, la censure ne nous empêchera pas de le faire celui-ci », lui rappela son chef avant de partir de la rédaction.

– Entrez, mon épouse vous attend.

– Merci.

– Je vous demanderai de ne pas être trop long... la sieste du petit…

– … Oui, oui, ne vous en faites pas monsieur Pagiaut, je vais faire court…

– … Jean, je t'en prie, laisse monsieur le journaliste tranquille.

Mon père s'exécute, non sans avoir lancé un dernier soupir d'agacement en quittant le salon.

– Votre époux ne reste pas avec nous ?

– Non, il trouve tout ceci futile et inutile. Je ne suis pas d'accord avec lui.

Ma mère affiche un air très fier à l'idée de paraître dans un quotidien.

Étienne me contemple alors pour la première fois, il demeure figé, subjugué. Une impression étrange l'envahit, je ne décroche pas mon regard du sien. L'idée qui lui passe en tête est que je veux lui dire quelque chose, ce qui ne peut être le cas pour un bambin de quelques jours ; s'il savait… Cette sensation restera gravée à tout jamais dans son esprit.

Étienne commence dès lors son entretien, fort perturbé.

– Monsieur Vitré ?

– Euh… oui, excusez-moi. Quelle réaction avez-vous eue à la vue des deux dents de Charles, madame Pagiaut ?

– Appelez-moi Marie.

– À votre guise Marie.

Après avoir posé cette première question, Étienne s'aperçoit qu'il n'a pas encore prêté attention à cette particularité buccale, tant il reste interloqué par mon regard. Ma mère s'empresse de lui montrer mes deux incisives et s'engage dans un monologue sur les grands hommes pourvus du même attribut. Ses phrases sont entrecoupées de larges gestes et de petits rires qui me secouent régulièrement sans que je lâche des yeux le pauvre Étienne.

– Il a l'air de vous apprécier.

– Je le crois aussi.

Étienne tente alors de stopper le monologue en posant une deuxième question.

– Ne pensez-vous pas que toute cette attention puisse le perturber ?

Elle n'a pas réellement écouté cette question, elle reprend son souffle et poursuit son long babillage, en n'oubliant pas de rappeler que je suis également un enfant du miracle comme le fils du duc du Berry.

Étienne se dit alors qu'il le tient son titre pour ce fichu article ; *l'enfant du miracle de Terre-Bounnain.*

Il continue de m'observer alors que ma mère poursuit sa propre discussion. Soudain, il saisit pourquoi je le perturbe à ce point. Mais bien sûr… voilà pourquoi c'est un enfant du miracle… comment ne l'ai-je pas aperçu tout de suite ?

Je lui esquisse alors un sourire de soulagement probablement pour lui dire que j'étais heureux de voir que quelqu'un venait de me comprendre. Ce jour aura changé à tout jamais la vie d'Étienne, il appréhende que cet enfant aura des difficultés à affronter, mais il sera toujours là pour l'aider à les surmonter. Dans un moment d'égarement, il prononce à haute voix :

–   L'empreinte, bien sûr…
–   … l'empreinte, quelle empreinte ?
–   Veuillez m'excuser Marie, je songeais à autre chose.
–   Avez-vous encore des questions ?
–   Non, j'ai tout ce qu'il me faut pour faire un joli article sur vous et Charles.
–   Très bien, et quand pensez-vous que cet article paraîtra ?
–   Bientôt, bientôt.
–   Je vous remercie, monsieur Vitré, d'avoir pris de votre temps pour venir nous voir.
–   C'est moi qui vous remercie Marie, vous avez un fils… hors du commun.

Nous échangeons alors un dernier sourire, avant qu'Étienne ne quitte notre demeure. Je ne le sais pas encore, mais nos chemins se croiseront souvent dans le futur.

Ce jour particulier tout était écrit, mais ceci, je ne le comprendrais que bien plus tard.

CHAPITRE 2 : SOUVENIR

Deux ans plus tard, Terre-Bounnain

Ce matin de fin d'été 1822 est probablement la première réminiscence que j'ai de mon existence terrestre. J'ai tout juste deux ans et j'accompagne ma grand-tante Suzon vers la maison d'une famille bourgeoise de Terre-Bounnain, où elle y fait des tâches ménagères. Mes parents me confiaient parfois à Suzon lorsqu'ils allaient rendre visite à ma grand-mère paternelle âgée... et alitée le plus souvent.

Nous nous approchons de la demeure, il s'agit d'une grosse bâtisse, en tout cas c'est le souvenir que j'en ai. Une longue allée de petits cailloux, bordée de beaux arbres centenaires, mène à cette maison. Le bruit que font mes chausses sur le sol m'amuse. Ma grand-tante voyant mon sourire me lâche la main et me laisse courir jusqu'à la grande porte d'entrée.

Elle sort de sa poche une énorme clef en fer, je trouve étrange que les *grands* s'échinent à vouloir rendre l'ouverture d'une porte compliquer, alors qu'ils avaient inventé un moyen ingénieux pour une ouverture aisée en posant cette gigantesque porte en bois sur des gonds.

Nous entrons directement dans un vaste hall, tellement immense que notre maison pourrait y tenir. En face de moi, un escalier blanc. Suzon me prend alors la main et nous entamons la montée des marches, je comprends très vite qu'il ne s'agit pas de bois… il n'y a aucun bruit. Je pose délicatement mes petits doigts sur l'une des marches et m'aperçois que c'est très dur et froid.

– C'est du marbre, mon chéri.

Je tourne ma tête vers ma grand-tante en signe de remerciement, aucun mot ne peut sortir de ma bouche, en tout cas pas des paroles qu'un gamin de deux ans devrait prononcer. Je crois que Suzon est l'une des rares personnes qui semblaient me comprendre, probablement parce qu'elle a toujours été à l'écoute des enfants… ceux des autres… elle n'a jamais pu en avoir elle-même. Son visage buriné par le temps rassure, dans toutes les situations de la vie, elle paraît joyeuse, elle apaise par sa bonté naturelle.

Arrivés au premier étage, la surprise est toute aussi grande, de nombreuses portes… que j'aurai aimé les ouvrir une à une et découvrir ce qu'elles cachaient. Malheureusement, une seule me sera autorisée, celle où Suzon me fit entrer ; la chambre parentale.

– Ouah !

C'est l'unique son qui sortira de ma bouche ce jour-là.

Devant moi, un immense lit, plus grand que ma propre chambre, au-dessus, une sorte de toit en tissu… encore un paradoxe des adultes ; il ne pleut pas dans une maison.

– Charles, je vais te laisser tout seul ici pendant que je fais le ménage. Si tu es fatigué, tu peux t'allonger sur le lit.

Cela risque d'être compliqué ; le lit est plus grand que moi. Mais comme d'habitude, elle semble me comprendre, puisqu'elle sort une petite marche cachée dans une immense armoire et la dépose tout près du lit. Elle m'apporte également une petite mallette de bois.

> — Tiens, tu peux t'amuser avec ça. Surtout ne casse rien, je reviens dans une heure.

La porte se referme, me voici seul assis sur le sol de cette grande pièce qui ne demande qu'à être explorée.

Mon regard est de suite attiré par un immense tableau représentant un homme en uniforme de militaire, un drôle de chapeau sur la tête. Il semble avoir été blessé à la guerre ; il cache une main dans la veste de son costume. J'apprendrais quelque temps plus tard qu'il s'agissait de Napoléon Ier décédé l'année passée. Les propriétaires de cette magnifique demeure sont une famille bourgeoise faisant partie de la noblesse d'Empire[7], donc très redevable de l'ancien souverain.

Je me relève et manque de tomber en butant sur la mallette laissée par ma grand-tante. Je l'ouvre et y découvre plusieurs cubes de bois avec un dessin sur chacune des faces. Pourquoi avoir découpé l'image en plusieurs pièces ?

Je sors un à un les éléments de la boîte et aperçois au fond de grandes feuilles sur lesquelles se trouvent les croquis des cubes, mais en un seul morceau… ces adultes sont vraiment étranges…

Je repose les feuilles au fond de la mallette, et les cubes au-dessus, en ayant, machinalement, pris soin de les disposer afin que le dessin de la feuille visible apparaisse sur la face supérieure des cubes.

J'entame mon exploration en faisant le tour du lit, je passe près de la monumentale armoire, j'ai un moment de recul lorsque je m'aperçois dans le grand miroir qui couvre la totalité de l'une des portes… c'était la première fois que je me voyais en entier. Je suis perturbé, autant le visage m'est familier, mais le reste du corps non. Cette sensation durera de longues années, celle d'avoir un esprit, mais pas un corps.

---

[7] Ensemble des personnes ayant reçu un titre sous le Premier Empire ou durant les Cent-Jours, ainsi que leurs héritiers.

La découverte de la chambre se poursuit par la vue de cette fenêtre décorée de très beaux rideaux de couleur. Je m'approche, et commence à deviner, au dehors, un grand jardin, je me mets sur la pointe des pieds et découvre un paysage magnifique, de jolis parterres de fleurs, des grands arbres… C'est dehors que ma grand-tante aurait dû me laisser, me dis-je en me tournant vers l'intérieur, et c'est à ce même moment que mon regard croise le vrai trésor de cette pièce, la seule raison qui justifie que je me trouve ici.

Posée sur une très belle table de nuit composée de pieds en bois et d'un plateau blanc, très certainement du même marbre que les escaliers… une magnifique boîte en bois laqué…

Je ne peux pas la voir en entier… je ne peux pas l'atteindre… mais bien sûr ; la petite marche. Je me précipite de l'autre côté du lit, récupère la marche et retourne près de la table de nuit.

C'est merveilleux, sur le couvercle de la boîte, une petite danseuse est représentée. Je garde en mémoire les derniers mots de Suzon « ne casse rien ». Délicatement, je soulève le couvercle… incroyable… cette musique… Une jolie mélodie sort du coffret.

Soudain, je vois apparaître des couleurs, des petits rubans de couleur qui semblent sortir de la boîte. Machinalement, je tente de les attraper, en vain… ces couleurs sont dans ma tête.

Je ne comprends pas encore d'où vient ce son, l'intérieur de la boîte est rempli de différents bijoux installés dans de petites cases. Je cherche, je scrute, je regarde sous chacun des bijoux… rien. Soudain, je m'aperçois que les petits casiers forment un tout. Je le soulève lentement et repère un mécanisme caché sous l'ensemble.

Je décortique la petite machine des yeux, je découvre qu'elle est reliée à l'arrière de la boîte à une clef, cette clef permet de remonter un ressort qui fait tourner un minuscule cylindre, qui lui-même fait résonner de petites lamelles… magnifique… j'ai trouvé !

Une sensation indescriptible m'envahit, très certainement la même qu'a dû ressentir le jeune Champollion[8] lorsque le même jour du 14 septembre 1822 il déchiffra pour la première fois les noms de Cléopâtre ou de Ramsès en hiéroglyphe.

Je referme délicatement l'ensemble du coffret, rapporte la marche de l'autre côté du lit et décide de me reposer, probablement épuisé par cette première résolution d'énigme...

Quelques minutes plus tard, ma grand-tante entre dans la chambre parentale et vient doucement me réveiller.

– Charles, mon chéri, nous devons partir.

Je m'exécute avec encore dans la tête la fierté de ce que j'ai accompli et le souvenir de ces petites notes en harmonie avec les rubans de couleur.

– J'espère que tu n'as rien cassé.

Je lui réponds par un hochement de tête négatif... heureusement qu'elle ne m'a pas demandé si je n'avais rien touché...

Nous sortons de la chambre, je jette un dernier regard au petit coffret qui fait de la musique. Alors que nous quittons de la demeure, je me retourne pour garder en mémoire ce moment qui probablement est celui du début de ma propre conscience.

---

[8] Jean-François **Champollion** dit **Champollion** le Jeune, né le 23 décembre 1790 à Figeac (Lot) et mort le 4 mars 1832 à Paris, est un égyptologue français. Premier à déchiffrer les **hiéroglyphes**, **Champollion** est considéré comme le père de l'égyptologie.

CHAPITRE 3 : MENSONGE

Automne 1823

En ce mois d'octobre, mes parents ont décidé que nous passerions quelques jours de repos chez mes aïeux maternels, de l'autre côté de Paris. Ma mère a passé toute la matinée à préparer nos bagages, pendant que mon père est allé faire remplir son passeport interne[9] à la mairie de Terre-Bounnain. Le départ eut enfin lieu vers une heure de l'après-midi, mon père ayant loué pour l'occasion le chariot du maire avec deux chevaux. Le voyage durera cinq heures... ce fut long... très long. Je me souviens encore des soubresauts, ma mère nous avait positionné des coussins sous les fesses pour que la dureté du banc du

---

[9] Aux termes du décret du 10 vendémiaire an IV, nul ne peut quitter le territoire de son canton ni voyager sans être porteur d'un passeport. Cette législation sur les passeports, complétée par les décrets du 18 septembre 1807 et du 11 juillet 1810, en vigueur jusqu'aux alentours de 1860, tombera peu à peu en désuétude sous les effets conjugués de la révolution industrielle et du chemin de fer qui ont considérablement augmenté le nombre et le flux des voyageurs.

chariot ne nous fasse pas trop mal. Je dois avouer ne pas avoir un énorme souvenir du paysage que nous traversions… j'ai dormi la plus grande partie du périple.

C'est la première fois que je voyais mon père ne pas travailler pendant plusieurs jours, son métier, que je ne comprends pas pour le moment, lui accaparant beaucoup de son temps.

Il est près de sept heures du soir lorsque ma mère me secoue légèrement afin de me sortir de ma léthargie ; nous venons d'arriver dans le village de mes grands-parents. Étrangement, je ne lui trouve pas beaucoup de différence avec Terre-Bounnain… pourquoi habiter si loin dans ce cas ? Les adultes sont vraiment peu communs.

– Nous voici enfin à bon port.

Mon père vient de stopper les chevaux devant une maison plus vaste que la nôtre, peut-être parce que mon grand-père fait le même métier que papa, mais il est chef…

Nous descendons du chariot tous les trois, quelque peu endoloris par le voyage. Je monte les marches du porche en les comptant dans ma tête : un, deux, trois, puis je m'arrête devant une grande porte verte, sur le sol en grand pot de lait en fer, j'y mets, par réflexe, un petit coup de pied… il est vide.

– As-tu frappé Marie ? demande mon père, un sac de voyage dans chaque main.

A peine sa phrase terminée que la porte s'ouvre, mon grand-père nous accueille avec un grand sourire.

– Vous voilà enfin, nous allons…

– … Ne reste pas devant la porte, laisse-les entrer René !

Ma grand-mère Jeanne vient de bousculer son mari pour nous faire un passage dans la maison.

– Vous avez fait bon voyage, les enfants ? Vous devez être fatigués. Viens par là mon petit Charles, grand-mère Jeanne t'a préparé une bonne soupe. René ne reste pas là à rien faire, aide donc ton gendre à rentrer les bagages. Et toi Marie, viens m'aider à dresser la table.

Je crois que ce qui caractérisera ma grand-mère toute sa vie, c'est cette incessante envie de vouloir tout diriger et de monopoliser la parole.

En arrivant dans la salle à manger, j'y retrouve ma tante Lucienne, la sœur benjamine de ma mère ; nous n'avons que cinq ans d'écart… je crois qu'elle aussi pourrait être considérée comme une enfant du miracle, ma grand-mère avait un peu plus de quarante ans lorsque Lucienne est née.

La table fut dressée en quelques secondes ; les gestes de ma mère et ma grand-mère étaient harmonieux et efficaces, des années d'entraînement probablement. Leur caractère les amène à être souvent en conflit, mais finalement elles sont identiques.

Le repas fut très rapide, tant chacun d'entre nous était pressé d'aller passer une bonne nuit. Je dormis dans la chambre de Lucienne, un deuxième lit ayant été disposé pour l'occasion par grand-père René. J'eus à peine le temps de dire bonsoir à ma tante que Morphée me prit dans ses bras.

À mon réveil, le lendemain matin, je rejoins Lucienne dans la cuisine, une odeur familière arrive jusqu'à mes narines. Grand-mère Jeanne nous a préparé du pain perdu ; elle a trempé dans du lait des tartines de pain un peu rassis de la veille, puis les a imbibées d'un œuf battu pour enfin les passer à la poêle et nous les servir saupoudrées de sucre… un régal.

Un à un, les adultes nous rejoignent dans la cuisine, chacun, avec le même rituel ; nous embrasser sur le front.

Grand-mère Jeanne et maman, comme à leur habitude, entament un sujet de débat ; aujourd'hui, ce sera la cuisson du pain perdu. En général, ces conversations se terminent par une dispute puis une réconciliation. Quant à grand-père René et papa, leur dialogue est beaucoup plus calme, il parle de leur métier, je commence à comprendre que cela consiste à réclamer de l'argent aux gens... impôts ont-ils dit.

Trois coups sur la porte d'entrée viennent stopper toutes les discussions.

– Eh bien, René, bouge, va voir de qui il s'agit !

Mon grand-père s'exécute sans dire un mot, je lui emboîte le pas, curieux de découvrir qui se présentera à la porte verte.

– Bonjour, monsieur Grahumi ! J'ai deux missives pour vous.

– Merci monsieur le postier.

Il récupère le courrier et referme en saluant le monsieur à la casquette. J'ai toujours été intrigué par ces papiers que reçoit également mon père régulièrement... que peut-il y avoir d'aussi important à l'intérieur ? Je suis très perturbé d'être l'un des rares à ne pas en recevoir. Ce qui me chagrine le plus c'est le plaisir qu'il doit y avoir à déchiffrer ce qui est écrit. Ces formes m'ont constamment impressionné, j'ai déjà compris que certaines d'entre elles étaient des lettres et d'autres des nombres... le 0 me fascine, il ressemble à un o probablement parce que zéro se termine par ce même signe.

– Qui était-ce ? Demande grand-mère Jeanne.

– Le postier.

Elle baisse la tête vers moi et s'aperçoit que je suis resté prostré devant la porte en faisant un peu la moue.

– Que t'arrive-t-il, mon petit Charles ?

– Pourquoi je n'ai pas des feuilles comme grand-père René ?

Elle esquisse un sourire et retourne rejoindre ma mère en cuisine.

Je les observe discuter entre-elles. Elles jettent régulièrement des regards dans ma direction. Je comprends aisément qu'elles parlent de moi, mais pourquoi se comportent-elles de manière que je ne puisse pas les entendre ?

Au bout de quelques minutes, elles affichent un visage satisfait et se dirigent vers moi.

– Ne te fais pas de mourrons, mon chéri, peut-être qu'un jour toi aussi tu recevras une lettre.

J'avoue que sur le moment je n'ai pas bien saisi pourquoi ma mère voulait que je reçoive une seule lettre… j'en désirais beaucoup comme toutes celles que je voyais sur les papiers que recevaient mon père et mon grand-père, si ce n'est une lettre, au moins quelques mots… puis je compris alors que le papier sur lequel se trouvaient les lettres, ils l'appelaient également lettre… Ils sont décidément très étranges ces adultes ; depuis ce jour, j'ai décidé d'employer le mot de courrier…

Le lendemain matin, l'ambiance est particulière, maman et grand-mère Jeanne affichent un sourire permanent, elles s'inquiètent toutes les cinq minutes de ma santé… étrange.

Ce matin, nous allons tous dans cette grande maison où tous les gens présents écoutent un monsieur en robe raconter des histoires et chanter. C'est ainsi que nous partons tous ensemble pour ce qu'ils appellent la messe de dix heures. Ma mère et ma grand-mère ne cesseront de discuter à voie basse durant le discours du monsieur en robe… de plus en plus étrange.

Tout va devenir clair lorsque nous revenons chez mes grands-parents ; un homme, avec la même casquette que le postier, nous attend devant la porte.

– Bonjour, monsieur le postier, quel bon vent vous amène ?
Demande grand-mère Jeanne avec un large sourire.

– J'ai une lettre pour le p'tit Charles !
Le grand monsieur tout maigre se penche vers moi.

– Tiens mon p'tit gars c'est pour toi.

Je lui prends le courrier des mains tout en le dévisageant… pourquoi Marcel Juin, le fils de la voisine s'est affublé de cette casquette trop grande pour lui... pourquoi me donne-t-il ce courrier alors qu'il n'est même pas postier...

De nombreuses questions me troublent l'esprit. De plus, nous sommes dimanche, je le sais depuis longtemps, personne ne travaille le dimanche, c'est le jour du Seigneur... enfin, c'est ce que me dit souvent maman.

J'ouvre le papier nonchalamment plié en deux, à ma grande surprise cela ne ressemble pas non plus aux magnifiques signes, ces fameuses lettres qui me font tant rêver, mais dont je ne comprends que très peu, pour le moment, le sens.

Tout commence à s'éclairer dans mon esprit, les discussions, les chuchotements, les regards, les sourires... tout a été préparé, un véritable stratagème a été mis en place pour me tromper... Comment ont-ils pu imaginer une telle chose ? Tout est faux... le postier, le courrier probablement dessiné par Marcel qui ne sait pas écrire...

Il me sera impossible d'exprimer ce que je ressens, d'expliquer comment j'ai découvert que tout était faux, j'ai alors la réaction que doit avoir un enfant de trois ans... je pars en pleurs, laissant là les deux femmes et le pauvre Marcel hébétés par la scène.

C'est ce jour précis que j'ai identifié une notion qui me sera totalement inconnue toute ma vie : le mensonge. Mon esprit ne sera jamais apte à dire autre chose que ce que je pense réellement. Depuis ce dimanche particulier, je n'aurai de cesse d'analyser les paroles, de scruter les comportements des autres afin de m'assurer qu'ils ne me mentent pas.

CHAPITRE 4 : TRANSGRESSION

Printemps 1825

Le salon est devenu mon lieu d'amusement favori et secret, je m'y terre pour surveiller mes parents et toutes les personnes qui entrent chez nous. Je me suis assis sur le fauteuil de mon père, son emplacement est le point stratégique ; d'ici, je peux voir dans la cuisine, le couloir, l'entrée et les chambres quand leurs portes sont ouvertes. Depuis quelques minutes, j'observe avec un énorme intérêt ma mère qui aplatit et lisse le linge de maison sur la grande table de la cuisine… pourquoi rendre toute plate une couverture qui sera toute froissée lorsque nous nous coucherons dans le lit… le gain de place bien sûr ! Du linge bien plié et repassé se range plus facilement dans l'armoire… les adultes ne sont pas toujours trop incohérents…

Ce qui retiendra plus mon attention ce jour-là c'est l'outil qu'utilise ma mère pour aplatir et lisser le linge. Il est composé d'une poignée, puis une sorte de grosse boîte en fer en dessous dans laquelle elle dépose du charbon de bois très chaud, sur le devant de la boîte est représenté un oiseau ; on dirait un bateau avec sa proue. Maman arrose légèrement le linge avec de l'eau, puis passe le *bateau* par-dessus. J'avais déjà observé les lavandières du village, qui, lorsqu'elles mettaient le linge froissé dans l'eau, il ressortait tout lisse… mais humide… la chaleur doit faire disparaître toute l'eau, c'est certainement pour cela qu'il y a de la fumée blanche qui apparaît…

Ces petits moments de résolution d'énigmes sont pour moi mes uniques instants de satisfaction, j'ai l'impression de franchir des étapes, peut-être même que ce qui c'est passé ce matin va accélérer les choses…

En effet, à mon réveil, j'ai été surpris de sentir que mes deux dents de naissance bougeaient. À l'aube de mes cinq ans, c'est tout à fait normal, c'est en tout cas ce que m'a dit ma mère en voulant me rassurer.

– Tu n'as plus qu'à les remuer, et celles du dessous vont prendre la place. Veux-tu que je le fasse pour toi ?

– Non !

Je comprends rapidement l'enthousiasme de ma mère qui se précipite dans l'armoire de sa chambre et en sort un magnifique petit écrin caché là sous les draps.

– Regarde, je l'ai acheté il y a quelques semaines.

– Pourquoi ?

– Nous y conserverons tes précieuses dents.

– Pourquoi ?

– Mais, mais… parce que c'est un don de Dieu mon fils.

Un don de Dieu ? Ce n'est pas vraiment la manière que je ressens les choses. Pour moi ce sont deux portails que j'ai dans la bouche depuis ma naissance et qui empêche mon esprit à s'exprimer par ma bouche… mais peut-être que… mais oui… Sans que maman ait eu besoin d'insister, je triture les deux dents et en quelques secondes je les tends à ma mère.

– Quel courage, mon Charles !

Non ! quelle délivrance ! les portes ont été abattues, il va falloir maintenant que j'en profite au maximum avant que les autres ne reviennent bloquer mon esprit.

Ma mère dépose délicatement les deux petites incisives sur un duvet de coton installé au fond de l'écrin, referme le couvercle et retourne ranger son trésor dans l'armoire.

C'est ce qui s'est déroulé ce matin qui explique que je sois dans le salon cet après-midi à surveiller si ma mère peut me voir, j'ai décidé de franchir un nouveau cap. Je dois aller au bout de ma recherche sur les nombres, les lettres et les mots. Cela fait maintenant deux ans que j'ai découvert le o et le 0, j'ai beaucoup progressé depuis... les mots, cet enchaînement de lettres qui de façon magique fait naître le mot, celui que je prononce naturellement, devient enfin réalité en le lisant.

Voici deux semaines que je déchiffre les mots ou les petites phrases inscrites sur les échoppes de Terre-Bounnain. Mais ma plus grande joie fut le moment où j'ai réussi à décrypter le titre du journal de mon père.

LE CONSTITUTIONNEL,
JOURNAL DU COMMERCE, POLITIQUE ET LITTÉRAIRE.

Je ne comprends pas tous les mots, mais j'imagine aisément qu'il doit s'agir de choses très sérieuses. C'est décidé, je vais lire un article complet... je scrute toujours de ma position stratégique que personne ne peut me voir ; ma mère repasse dans la cuisine ; mon père travaille au-dehors. J'attrape le journal posé sur la grande table du salon, je me cale au fond du fauteuil. La scène pourrait paraître étrange : un enfant d'à peine cinq ans qui lit un quotidien ; cela ne m'est pas apparu tel ce jour-là.

Un article va attirer plus particulièrement mon attention :

INTÉRIEUR.
CORRESPONDANCE DE REIMS.

REIMS, 28 MAI 1825.

Je commence lentement en butant sur la plupart des mots, je m'aperçois rapidement que de longues phrases, c'est beaucoup plus compliqué que les petites sur les échoppes. Plusieurs fois, apparaissent les lettres S et M, en tournant sur la page suivante, je finis par comprendre que nous parlons du Roi et plus précisément de son sacre, S et M signifient Sa Majesté… encore une étape de franchie. Celui qui a écrit cet article nous fait vivre au plus proche la cérémonie :

Le Roi a fait alors son entrée dans la ville au bruit d'une salve d'artillerie de 101 coups de canon, de toutes les cloches de la ville et de nombreuses acclamations.

J'ai l'impression d'être sur place, je vis un moment magique. J'ai compris que le 1 puis le 0 puis le 1 forment un nombre : cent un. Ce n'est pas étonnant que ce soit le nombre de coups de canon, si l'on regarde un canon de face, on retrouve ce nombre avec le trou du fût et les deux grosses roues de chaque côté.

Un peu plus loin, je bute sur une phrase inscrite en italique

Après ce compliment et la réponse de S. M., un chanoine a entonné l'antienne[10] : *Ecce ego mitto angelum meum*[11]

J'apprendrai un peu plus tard le latin et je saurais alors résoudre cette énigme. Ma lecture se poursuit par tous les détails sur la fin du sacre. L'article se lit comme une véritable histoire, probablement celle que mon père appelle communément l'histoire de France. L'issue est assez étrange, deux accidents ont eu lieu durant cette journée particulière.

Le narrateur nous explique que les coups de canon de l'artillerie ont surpris les chevaux de la voiture dans laquelle se trouvaient les ducs d'Aumont et de Damas, les comtes de Cossé et Curial.

---

[10] Refrain liturgique repris par le chœur entre chaque verset d'un psaume.
[11] « Voilà que j'envoie mon messager ».

M. le comte Curial a eu la clavicule cassée et l'oreille droite coupée par les glaces des stores ; M. le duc de Damas a été dangereusement blessé.

La voiture du Roi a failli avoir le même problème, mais les chevaux ont été domptés à temps… ouf…

L'article se termine par la signature de l'auteur, dont le nom me paraît familier, même si je n'arrive pas à m'en souvenir précisément, un certain Étienne Vitré. À la lecture de son patronyme, j'ai un léger éclat de rire, je repense au bris de verre qui a blessé le comte Curial à l'oreille et le nom du journaliste qui rappelle une vitre.

Ma mère m'a entendu, il est vrai que c'est assez inhabituel de m'entendre rire ; elle entre dans le salon et me voit assis confortablement dans le fauteuil de mon père, son journal dans les mains.

— Charles, que fais-tu ? Si ton père te voyait, il te gronderait. Tu es encore un peu petit pour lire, de plus je ne vois pas ce qui peut bien te faire rire comme cela, il n'y a pas d'images.

La réaction de ma mère est assez logique, comment un enfant de cinq ans pourrait-il lire un journal ? C'est la raison pour laquelle, je continuerai cette activité en me cachant tant que je n'aurai pas l'âge *normal* pour être sensé savoir lire.

Je commence à comprendre que je ne suis pas comme les autres, mais je ne sais pas encore l'expliquer.

CHAPITRE 5 : ANALYSE

Hiver 1827

Depuis quelques mois, je fréquente les bancs de l'école du village, je peux donc lire officiellement le journal de mon père, sans me cacher. J'ai ressenti une certainement fierté chez mes parents, la première fois qu'ils m'ont demandé de lire à haute voix un petit article de janvier 1827 du <u>Constitutionnel</u>.

EXTÉRIEUR, TURQUIE.

CONSTANTINOPLE, 10 DÉCEMBRE.

Un firman[12] impérial abolit la confiscation dans tout l'empire ottoman. Il est accompagné d'un règlement sur les héritages de mahométans[13], très-favorable aux sujets du grand-turc.

---

[12] Mot d'origine persan (*fermān*), mais utilisé surtout chez les Ottomans pour désigner un ordre ou un édit émanant du sultan.
[13] Musulman.

La réaction de ma mère et de mon père était à leur image, beaucoup de mots et d'exubérance pour elle et un simple sourire pour lui. Mon sentiment est à ce moment précis assez trouble ; je comprends leur joie, mais pourquoi ne l'auraient-ils pas été tout autant lorsque j'avais cinq ans, pourquoi un enfant de sept ans qui lit c'est joyeux alors qu'à cinq ans c'est suspicieux ? Dans les heures qui suivront je vais me rendre compte qu'il n'y a pas que ça d'étrange, de suspicieux chez moi.

La journée ayant bien commencé, mon père me proposa de l'aider au jardin. Je crois qu'il s'agit de la première fois où nous nous retrouverons seuls... sans maman.

– Est-ce que tu souhaites pousser la brouette ?

– Je veux bien.

– Très bien... euh... eh bien, prend la et fait bien attention qu'elle ne t'emporte dans la petite descente.

Je lus à ce moment précis une légère déception dans son regard, il attendait visiblement une réaction de ma part beaucoup plus enthousiaste et non pas un simple : je veux bien. J'avoue ne pas avoir compris ce jour-là pourquoi j'aurais du sauter de joie, à l'idée de pousser cette brouette, je l'étais heureux, j'étais avec mon père... pourquoi les adultes ont cette manie étrange de devoir l'exprimer par le corps et les mots.

– Attention, Charles, ça descend un peu.

Je ressens effectivement que le poids de la brouette se fait de plus en plus lourd, je tiens donc fermement les deux bras de bois avec mes petites mains.

– C'est bien mon fils, encore quelques mètres...

Malheureusement, je n'ai pas réalisé ces derniers mètres de la plus belle de manière, concentré sur mes mains, je n'ai pas vu la grosse pierre que la roue de la brouette a bien évitée, mais pas mon pied gauche. S'en est suivi une tentative désespérée de ne pas lâcher les poignées tout en évitant de perdre l'équilibre... mauvaise idée... je me suis étalé de tout mon long.

– Charles, tu t'es fait mal ?

– Non.

– Mais si je le vois bien, tu te tiens le pouce.

Je compris alors qu'il voulait savoir si j'avais mal, mais pourquoi me demander si je m'étais fait mal dans ce cas… c'est la pierre qui est la cause de mon mal… pas moi.

– Va voir ta mère, qu'elle soigne tes écorchures aux genoux et qu'elle regarde ton pouce.

Je m'exécute tout en pestant intérieurement contre cette pierre qui m'a fait mal et m'a empêché de poursuivre le jardinage avec mon père.

– Mon Dieu, que t'est-il arrivé, mon chéri ?

– Je suis tombé.

– Mais ce n'est pas possible, je te laisse quelques instants avec ton père et voilà le résultat. Il aurait pu faire attention à toi.

– Ce n'est pas papa, c'est à cause de la pierre.

Je ne comprends définitivement pas la raison pour laquelle personne ne veut accuser cette maudite pierre.

– Quelle pierre ? Et puis regarder moi ces genoux, mon Dieu, mon Dieu. Viens ici, que je te nettoie ces plaies.

Elle trempe un morceau de tissu blanc dans de l'eau, puis m'essuie les quelques traces de sang.

– Là, voilà ça devrait aller maintenant… pourquoi tu te tiens le pouce tu t'es fait mal ?

– Non ! C'est la pierre… mais j'ai mal.

Décidément

– Oui, peu importe… montre-moi ce pouce.

Je lui tends lentement mon doigt endolori, de peur qu'avec ses grands gestes habituels, elle ne me fasse mal… plus que la pierre…

– Ce n'est pas enflé, nous verrons demain ce qu'il en est. En attendant, va prévenir ton père que nous allons bientôt dîner.

Ce repas sera silencieux, ma mère, contrairement à son habitude, ne prononcera que peu de mots, si ce n'est quelques petites accusations à l'encontre de mon père sur mes blessures légères. Papa ne dira rien de la soirée… je le comprends, il n'avait rien à voir avec tout cela… seule la grosse pierre était fautive…

Le réveil du lendemain fut assez éprouvant, mon pouce avait doublé de volume… Ouch… la douleur aussi…

En me voyant dans cet état, la réaction de ma mère fut, naturellement, bien excessive.

– Mon pauvre Charles, ton pouce ! Oh mon Dieu ! Et ton père qui est parti travailler, il va m'entendre ce soir en rentrant, tout ceci est sa faute…

– … non maman, c'est…

– … ne me parle plus de cette pierre Charles, je t'en prie !

– Très bien.

– Compte tenu de ton état, nous devons aller voir la rebouteuse.

– Qui ?

– La rebouteuse ! C'est comme un médecin, sauf qu'il s'agit d'une dame qui connaît beaucoup de remèdes miracles pour guérir rapidement.

Ma première réaction fut assez interrogative ; pourquoi ne pas aller chez le médecin dans ce cas… mais après tout si cela va plus vite, pourquoi pas ?

– Je vais te laisser quelques minutes. Je sais que le voisin doit se rendre à Paris ce matin, je vais lui demander s'il peut nous emmener dans sa charrette.

– Paris !

Je n'étais jamais allé sur la capitale, l'idée de m'y rendre m'enthousiasmait au plus haut point, fût-ce avec la charrette délabrée du père Lefure.

Quelques minutes plus tard, ma mère est de retour, un large sourire indiquant qu'elle avait réussi sa mission.

– Prépare-toi, nous partons dans trente minutes.

Comme je le craignais avec la charrette du père Lefure, ce fut très chaotique… j'espère que Paris en vaut le coup d'œil.

– Qu'est-ce qu't'arrives mon gars ? T'es tout pâle !

En prononçant ces mots, le voisin ouvre une large bouche pour en sortir un énorme éclat de rire. Quelle chance me dis-je en voyant sa dentition éparse, quelle chance de n'avoir presque plus de portes qui bloquent son esprit… malheureusement, ce qu'il laisse à voir n'est pas très intéressant…

– Se doit-être son pouce qui le fait souffrir. Lui répond ma mère.

Je pense qu'à ce moment précis, mon dos et mes fesses étaient beaucoup plus en souffrance.

– Ne t'inquiète pas mon chéri, la rebouteuse va te faire disparaître ce mal.

J'avais pratiquement oublié que Paris n'était pas le but de notre périple, mais la fameuse rebouteuse.

– Eh pis, j'la connais bien, la Zélia, elle va t'remettre d'aplomb.

Quel drôle de prénom, il me fait penser à celui de la femme du maire : Zella, une Prussienne dont la famille s'est installée à Terre-Bounnain il y a fort longtemps. J'imagine donc cette Zélia à son image, grande avec des cheveux blonds.

– Tout' façon, on arrive. V'là Paris !

Nous sommes parvenus par la commune de Bercy, nous venons de traverser le hameau de Grande-Pinte et au bout de la rue du même nom nous arrivons à l'une de porte de Paris : la barrière de Charenton[14].

Paris est si grande qu'elle possède des portes, je suis déjà impressionné. Le contraste est étonnant, nous sortons d'un paysage fait

---

14 Elle a aussi porté le nom de barrière de Marengo.

de culture agricole pour arriver sur une ville faite de maison en pierre les unes près des autres.

- Regarde Charles, ces grilles gigantesques.
- Ouah ! C'est tout ce que j'ai pu dire tant elles étaient impressionnantes.

Nous continuons notre chemin sur la rue de Charenton, les champs se font de plus en plus rares. Nous arrivons sur une grande place carrée avec une magnifique fontaine en son centre.

- Ça gamin, c'est la fontaine de l'éléphant.
- Mais pourquoi l'éléphant est à côté et pas dessus ?
- Ben, de c'que je sais, ils ont changé d'avis.[15]
- N'embête pas monsieur Lefure avec tes questions.
- M'dame Pagiaut, j'vous laisse ici, comme j'vous l'ai dit, je dois m'en retourner à Bercy. J'viens vous reprendre au même endroit vers trois heures du soir.
- Merci à vous, à tout à l'heure.

Nous descendons de la charrette avec soulagement, mais j'appréhende déjà le chemin de retour… ce matin, le père Lefure était sobre…

- Elle habite loin la rebouteuse ?
- C'est à une lieue d'ici, mais nous allons utiliser un moyen de transport en commun.
- Transport en commun ?
- Oui Charles, c'est une façon de se déplacer dans les grandes villes comme Paris, avec d'immenses diligences pouvant contenir beaucoup de gens.

---

[15] La statue de l'éléphant ne fut jamais exécutée en bronze, mais un modèle en plâtre à l'échelle 1, élevé en 1814 près du chantier puis détruit en 1846, constitua pendant une trentaine d'années un objet de curiosité qui suscita les commentaires de plusieurs écrivains avant d'être immortalisé par Victor Hugo dans une scène des Misérables mettant en scène le jeune Gavroche.

Effectivement, elles sont très grandes ces diligences, mais nous sommes serrés les uns contre les autres. Je me retrouve coincé entre ma mère et un gros monsieur… je suis bien calé.

Une fois sortis de la place, nous entrons dans des petites rues parisiennes, et soudain l'idée majestueuse que je me faisais de la capitale disparaît. La saleté et l'odeur sont insupportables. Toutes les rues sont couvertes de pavés qui forment une sorte de petit ru au milieu de la chaussée dans lequel circulent des excréments et toutes sortes de détritus abandonnés par les habitants.

— Nous sommes arrivés, mon chéri.

J'accueille cette phrase avec un grand soulagement, nous allons pouvoir fuir ces intolérables effluves en nous réfugiant chez la rebouteuse.

Après nous être engouffrés dans une petite rue et avoir évité les tas d'ordures jonchant le pavé, nous atteignons la maison de Zélia. Ma mère frappe à la porte, une voix lui répond d'entrer dans la demeure.

— Bonjour, Zélia, je viens pour mon fils Charles qui s'est blessé au pouce.

— Entrez, n'aillez pas peur.

La recommandation était judicieuse, car si… elle fait peur…

Elle ne ressemble pas du tout à l'épouse du maire, son visage est indescriptible de laideur, il est assez proche de l'iconographie des sorcières, mais plus que tout… elle pue…

Je ne saurais pas vraiment décrire cette odeur nauséabonde, elle assez différente de celle que nous devons subir dans les rues de la ville, mais tout aussi désagréable. Étrangement, elle possède une voix douce qui dénote avec le reste du personnage, une voix apaisante, presque envoûtante.

— Montre-moi ce pouce, mon petit.

Je m'avance lentement en retenant au maximum ma respiration.

— Je vois, je vois, rien de bien grave.

Elle se dirige vers un vieux meuble composé de nombreuses étagères. Des bocaux remplis de textures étranges sont entassés les uns à côté des autres. Elle en prend un et revient vers moi… je suis inquiet.

– Ça devrait faire l'affaire. Donne-moi ta main, mon petit Charles.

Je suis de plus en plus inquiet, et puis cette odeur… non… une autre vient l'effacer, un parfum que je ne connais pas, mais qui est fort agréable à mes narines.

– Voilà, maintenant je vais t'envelopper le doigt dans ce petit sac et demain matin tout ira mieux.
– Merci madame Zélia.
– Tu ne m'as pas l'air d'être un gamin comme les autres toi, je me trompe ?
– Vous savez que mon fils est un enfant du miracle, il a la marque des grands hommes, il est né avec deux dents.

J'en ai beaucoup voulu à ma mère, ce jour-là, d'avoir révélé cette différence à une inconnue.

– Tout s'explique ! Vous savez que cette particularité cache en réalité un don divin !
– Non ? Quel don ?
– Je ne peux pas vous le dire, il faudrait que vous m'apportiez ses deux dents. Vous les avez conservées, n'est-ce pas ?
– Oh oui, bien sûr !

La réponse que donnera ma mère à la rebouteuse incarnera ma première rébellion.

– Je reviendrai la semaine prochaine avec le précieux trésor et vous pourrez m'en dire plus.
– Avec joie !

Le retour vers Terre-Bounnain fut encore plus chaotique qu'à l'aller, non pas par l'état d'ébriété du père Lefure, mais par notre dispute avec ma mère.

—   Je ne veux pas que tu lui donnes mes dents !
—   Que dis-tu Charles ?
—   Je ne veux pas que tu lui donnes mes dents !
—   Mais, mais, c'est important, tu as entendu Zélia, tu as un don.
—   Elle te ment, je n'ai pas de don.
—   Voyons Charles, que racontes-tu ?
—   Je n'ai pas de don, je le sais.
—   Mais bien sûr que tu en as un, c'est un don de Dieu d'être né avec deux dents… Louis XIV, Napoléon…
—   Non ! Je n'ai pas de don, c'est même une malédiction.
—   Que racontes-tu, Charles ?

Je ne pouvais pas en dire davantage, mon esprit ne voulait plus en dévoiler plus. Je m'aperçus alors que les portes ne sont pas totalement ouvertes. Je ne dis plus un mot du trajet et je sentis une inquiétude dans le regard de ma mère à l'écoute du mot malédiction… c'est pourtant bien ce que je ressentais à cet instant.

En revanche, mon pouce avait retrouvé sa taille normale le lendemain matin… étrange.

Quelques jours plus tard, je voulus m'assurer que mes dents étaient toujours présentes dans leur écrin. J'ai donc attendu que ma mère soit occupée ailleurs et me suis faufilé dans la chambre parentale. La petite boîte était encore à sa place, j'y découvris que le précieux contenu était bien là. Mais un morceau de feuille de journal retint mon attention, je pris soin de l'ôter de la boîte et en lus le contenu. Il s'agit d'un article qui datait de ma naissance.

L'ENFANT DU MIRACLE.

TERRE-BOUNNAIN, 20 SEPTEMBRE 1820.

Un enfant est né il y a trois jours sur la commune de Terre-Bounnain, un enfant pas comme les autres, la nature a décidé de le doter de deux dents. Nul ne sait s'il aura le même destin que tous les Grands Hommes, tels que Louis XIV ou Napoléon, pourvus de cette même particularité. Mais ce que je peux affirmer c'est que ce jeune garçon possède une vraie différence, son regard ne laisse pas indifférent, il est probablement appelé à un grand avenir, le futur nous le prouvera très certainement.

Étienne Vitré.

J'ai été très heureux, ce jour précis, de découvrir que le journaliste dont j'admire les articles toutes les semaines, est le même qui était venu me voir quelques jours après ma naissance. Nos chemins sont-ils amenés à se croiser de nouveau ? Assurément, je l'espérais.

CHAPITRE 6 : RÉVÉLATION

Janvier 1828

Malgré les semaines qui ont passé, ma mère est toujours perturbée par ma réaction sur la demande de la rebouteuse, même si elle n'est jamais retournée à Paris pour lui donner mes dents, je vois bien qu'elle ne se comporte plus de la même manière avec moi.

Ce matin, elle s'avance avec un sourire.

– Charles, mon chéri. J'ai bien réfléchi sur ce qui est arrivé avec la rebouteuse.

– Maman, je ne veux pas que...

– ... oui, oui, je sais. J'ai bien compris que cela t'avait chagriné. Mais j'ai aussi saisi qu'il faudrait que tu te rapproches un peu plus de ta foi chrétienne.

– Pourquoi ?

– Je ressens bien que certaines de tes pensées te troublent, et je suis persuadée que l'église te permettra de les guérir.

Je me suis dit, ce jour-là, que cela ne coûterait rien d'essayer, et puis pour une fois, ma mère semblait comprendre ce qu'il m'arrivait.

– D'accord.

– Je suis heureuse, mon fils. Nous irons dès demain voir monsieur le curé afin de nous assurer que tu peux rejoindre le groupe du catéchisme.

Le chemin vers l'église du village se fait en silence, j'imagine que ma mère redoute que je change d'avis avant d'arriver sur place. Je n'en avais pas l'intention, d'autant que c'est la première fois que je pénétrerais à l'intérieur de ce magnifique monument. D'aussi loin que je me souvienne, j'ai toujours été subjugué par les grandes constructions… comment des hommes ont-ils été capables de tels chefs-d'œuvre ? Bien que Terre-Bounnain ne soit pas un gros village, son église est majestueuse.

Nous arrivons devant l'immense porte, tellement colossale qu'elle possède une petite porte par laquelle nous entrons dans l'édifice.

– Ouah !

Mes yeux ne savaient plus où regarder, la lumière, les couleurs, les colonnes, les statues… un tas de questions, d'interrogations me passaient par la tête.

– Bonjour mon père.

– Bonjour Marie.

J'étais tellement accaparé par le décor de l'église, que je n'ai pas vu cet homme arrivé. Mais pourquoi ma mère l'a-t-elle appelé mon père, il n'est pas mon grand-père ?

– Charles, je te présente le père François.

– Bonjour monsieur.

– Non, mon chéri, lorsque tu t'adresses au père François, tu dois dire mon père.

Tout s'éclaire…

Le père François impressionne, il a l'air sévère, il est grand et chose étrange, il possède de longs cheveux gris.

- Ne l'embête pas avec cela pour le moment Marie, il aura bien le temps de s'habituer aux us et coutumes de notre Église. Dis-moi plutôt ce qui te chagrine.
- Je me fais un peu de souci pour Charles, oh rien de très grave… mais un peu de tracas tout de même.

Je ressens bien que ma mère essaie de cacher son angoisse, je n'avais pas encore mesuré à quel point mon comportement l'avait perturbé.

- De quel souci veux-tu parler ?

Elle part alors dans un de ses monologues qui la caractérisent, en expliquant au père François, ma naissance particulière, sans omettre l'enfant du miracle, les Grands Hommes, mes aptitudes un peu étrange pour un gamin de mon âge et surtout l'épisode qui a tout déclenché ; la visite chez la rebouteuse. Elle lui exprime sa crainte que ma foi ne soit pas assez puissante pour vaincre les mauvaises pensées qui semblent m'atteindre, et la raison qui la pousse aujourd'hui vers le Seigneur.

- Tu sais ma chère Marie, tout ne peut pas s'expliquer, mais Dieu est toujours miséricordieux avec les siens, et son rôle est, à travers moi, d'aider ceux qui le désirent…

Il arrête net son discours, son regard restant fixé sur moi. Un trouble s'installe…

- Mon père, que vous arrive-t-il ?
- L'empreinte.
- L'empreinte ? Vous êtes la deuxième personne qui me parle de cette empreinte, de quoi s'agit-il ?
- Marie, je me trompe peut-être, mais je comprends pourquoi Charles peut paraître parfois différent, j'ai peut être une réponse à t'apporter, mais surtout à toi Charles.

Existerait-il donc quelqu'un sur Terre qui saurait me donner des explications ?

- Vous parlez de l'empreinte ?

– Oui Marie, l'empreinte de l'ange.

– L'empreinte de l'ange ?

– Selon la tradition juive du Talmud de Babylone[16], pendant la grossesse de sa mère, une âme vient prendre possession du fœtus et est instruite de la Torah[17]. L'âme est capable de voir la vie qu'elle aura dans ce nouveau corps. Mais imagine, Charles, ce savoir est bien trop immense pour un jeune être. Ainsi juste avant sa naissance, Lailah, l'ange de la conception, se présente et lui enjoint de tenir tout ce savoir secret. Pour se faire il lui pose un index sur la lèvre, et à cet instant précis, le bébé oublie tout pour entrer dans cette nouvelle vie terrestre. Du geste de notre ange, il nous reste une trace indélébile : le philtrum, ce petit creux qui dessine un fossé sur notre lèvre supérieure. Certains y sont insensibles et d'autres n'auront de cesse de retrouver cette connaissance perdue.

– Mais, mais, Charles…

– Oui Marie. Charles ne possède pas cette empreinte.

Machinalement, je me suis passé l'index au-dessus des lèvres pour me rendre compte de la vérité… Voilà donc ma vraie différence…

– Mais si l'ange n'est pas venu, c'est que Dieu ne l'a pas reconnu.

– Pas du tout Marie, il s'agit d'une légende. Ce qu'il faut retenir de tout ceci, c'est le don que possède ton fils. Non ! Pas encore ! me dis-je intérieurement.

– Mais quel don ?

– Celui de l'accès à la Connaissance.

– Ne va-t-il pas en souffrir ?

---

[16] Aussi appelé Talmud Bavli, est l'un des deux Talmuds existants (avec le Talmud de Jérusalem, aussi appelé Talmud Yeroushalmi) compilés autour du vie siècle de notre ère au sein de la diaspora juive de Babylonie.

[17] Selon la tradition du judaïsme, il s'agit de l'enseignement divin transmis par Dieu à Moïse sur le mont Sinaï et retransmis au travers de ses cinq livres ainsi que l'ensemble des enseignements qui en découlent.

– Non, je m'engage à l'accompagner sur la bonne voie. Il suivra le catéchisme avec mon groupe de jeunes croyants.

– Merci de votre soutien, mon père, il viendra…

– … je t'arrête Marie, c'est à Charles de décider.

Les deux regards se tournent vers moi, escomptant une réponse. Je n'ai pas hésité un instant à l'idée d'apprendre de nouvelles choses, je ne pouvais refuser, de plus cela semblait faire plaisir à maman.

– Je suis d'accord.

– Très bien Charles, je t'attends donc samedi prochain dans le presbytère.

De retour chez nous, ma mère s'est précipitée dans sa chambre, elle paraissait troublée. Elle s'est emparée de la petite boîte, l'a ouverte, puis a déplié délicatement l'article de ma naissance. Je crus voir une larme couler sur sa joue. Depuis ce jour, elle n'aura de cesse de rejeter l'idée que je n'étais pas un enfant comme les autres, l'impression probable de ne plus réellement maîtriser ce que je suis.

Pourtant mon sentiment était double ce jour-là, pour la première fois un homme semblait me déchiffrer et souhaitait m'aider à ouvrir les portes. Peut-être que même un tiers avait déjà compris tout ceci avant lui ; Étienne Vitré, l'auteur de l'article.

Est-ce que l'ange Lailah est venu me visiter, mais à la vue de mes deux dents n'a pas pu me poser l'index sur les lèvres de peur que je le morde ?

PARTIE 2

LA DÉCOUVERTE

Le Sage peut découvrir le monde sans franchir sa porte.

Lao Tseu

CHAPITRE 7 : FOI

Printemps 1828

Le grand jour est arrivé, j'allais peut-être finalement comprendre en quoi je suis si différent. Tout le long du chemin qui m'emmenait à l'église, j'avais l'impression de voler, j'étais heureux, impatient.

Enfin... devant moi se dresse le clocher, j'en fais le tour par la droite et aperçois rapidement une maison presque collée... le fameux presbytère. Étrangement, plus je m'approche de la porte d'entrée, plus elle me paraît immense. Je frappe trois coups et aussitôt une vieille dame se présente à moi. Elle ne me dit aucun mot et me fait signe de la suivre.

Nous traversons un grand couloir très étroit, une porte entre-ouverte nous fait face. Toujours sans un mot elle me montre l'entrée de la pièce de son index. Je m'adapte à son silence et lui fais un simple de signe de la tête en remerciement.

> – Entre Charles, soit le bien venu. Madame Girault, pourriez-vous aller chercher un verre d'eau pour notre nouvel invité ?

La vieille dame s'exécute et j'entre dans la pièce, je reconnais là nombre de mes amis de l'école assis autour d'une grande table, dont mon voisin de classe ; Gabriel.

– Mes chers enfants, comme je vous l'avais promis, voici Charles qui nous rejoint afin d'étudier la vie de Jésus Notre Seigneur.

Tous les regards convergent vers moi… je n'ai pas réellement l'impression d'être le bienvenu. Les seuls sourires que je reçoive viennent des enfants que je ne connais pas, et bien sûr Gabriel qui est probablement l'unique camarade d'école que ma différence amuse plus qu'elle l'inquiète.

– Installe-toi Charles, nous étions en train de lire un évangile de l'Apôtre Matthieu.

Devant le père François posé sur la table, un énorme livre, qui à l'air très ancien, il doit s'agir de la Bible.

Il se lève et me glisse l'ouvrage devant les yeux, alors que madame Girault m'apporte mon verre d'eau.

– Charles, je te propose de boire un peu afin d'avoir la langue bien humide et que tu nous lises les paragraphes 7 et 8 de ce septième chapitre de l'évangile de Matthieu.

L'entrée en matière est très rapide, ce qui n'est pas pour me déplaire, je me lance donc avec joie.

– Chapitre 7 : Demandez, on vous donnera ; cherchez, vous trouverez ; frappez, on vous ouvrira.

– Très bien, le suivant maintenant.

– Chapitre 8 : En effet, quiconque demande reçoit ; qui cherche trouve ; à qui frappe, on ouvrira.

– Merci, Charles, quelqu'un peut-il nous dire ce qu'il comprend de ces deux phrases ?

Pas un bruit, le silence règne de chaque côté de la grande table, soudain, Gabriel prend la parole.

– Ben, j'crois qu'si on frappe pas on va pas nous ouvrir, comme Charles lorsqu'il est arrivé.

– C'est juste Gabriel, mais dans la parole de Notre Seigneur Jésus, il faut toujours chercher le message symbolique et ne pas forcément rester sur le sens *literare*, mais *allegoria*. Charles, aurais-tu une idée ?

C'est la première fois que l'on me demande de réfléchir au-delà de ce qui est écrit, comme je le vois dans mon esprit à chaque instant.

– J'imagine que ce que voulait dire Jésus, c'est que si nous ne forçons pas les choses, nous n'aurons jamais d'explications.

Le père François est resté un long moment, silencieux, je craignais ne l'avoir froissé et m'être trompé en désirant répondre ce que je pensais. Tous les autres enfants étaient figés, en attente.

– C'est exactement cela Charles...

Un léger sourire accompagne ces quelques mots.

– Mais savais-tu que Notre Seigneur Jésus a également commis de nombreux miracles ? Pouvez-vous en donner quelques exemples à notre ami Charles ?

Chacun voulut prendre la parole, et les histoires fusèrent les unes derrière les autres.

– Il a changé l'eau en vin aux Noces de Cana...
– Il a ressuscité un enfant à Naïn...
– Il a fait deux pêches miraculeuses...
– Il a multiplié les pains...
– ...

Tous ces miracles me faisaient tourner la tête, mon esprit cartésien reprenait sa place, j'étais troublé, perturbé par ces révélations.

– Gabriel... Gabriel, ça ne va pas ?

Trop concentré par la vie étrange de Jésus, je n'avais pas fait attention que mon voisin de classe démarrait une crise qui lui est malheureusement courante.

– Il faut lui donner un verre d'eau... euh... mon père.
– Que dis-tu Charles ?
– Il a une crise d'épilepsie, il faut lui donner un verre d'eau et ça va passer lentement.

– Le mal sacré[18]… euh, oui… Madame Girault! Un verre d'eau!
 Vite !

La vieille dame s'exécute avec hâte et revient le précieux breuvage
sur un petit plateau de bois d'ébène. Le père François me tend
machinalement le verre, que je glisse entre les mains de Gabriel, en
prenant soin de les serrer dans les miennes pour m'assurer qu'il ne lui
échappe.

– Il faut que son esprit soit concentré sur quelque chose
 d'apaisant… ensuite, la crise disparaît lentement.
– Mais, mais… comment sais-tu ceci, Charles ?
– Je l'ai lu mon père.

Les effets de mon remède se font sentir et Gabriel reprend des
couleurs.

– Explique-moi pourquoi tu as pensé au verre d'eau Charles.
– Il avait la même expression que les personnes qui sont assoiffées,
 je me suis dit que son esprit tentait de le duper et que nous
 pourrions le berner à notre tour en lui donnant de quoi boire.
– Magnifique déduction Charles. Je commence vraiment à croire
 que l'ange Lailah t'a oublié…

La séance de catéchisme terminée, je décide de raccompagner
Gabriel jusqu'à chez lui pour m'assurer qu'il est bien totalement rétabli.

– C'est vraiment gentil de faire un bout de chemin avec moi,
 Charles, mais je te promets, tout va bien.
– Je le sais, mais j'ai vu que le père François était satisfait quand je
 lui ai dit que je rentrai avec toi.

Gabriel me fait un sourire et me tend un petit sachet avec des
friandises.

---

[18] Nom donné à l'épilepsie jusqu'au XIXe siècle.

- Tiens, Charles prend un nougat.
- Un nogat tu veux dire ?
- Non, non on dit nougat maintenant, c'est mon père qui me l'a dit.
- Ils sont vraiment étranges ces adultes...
- Qu'est-ce que tu dis ?
- Non, rien.

Je me saisis de l'un des nougats qui m'ont bien l'air succulents.

- Comment as-tu eu ces friandises ?
- C'est mon père qui les a ramenés de voyage.
- Où ?
- À Mont... Mont... Montélimar ! C'est dans le sud du pays.
- Oui, je connais, c'est dans la Drôme.
- Tu y es déjà allé ?
- Non, je l'ai lu dans un livre...
- ... à Charles et les livres...

Nous échangeons alors un petit fou rire communicateur.

- Tu sais Charles, tu es le seul enfant qui ne me regarde pas comme un fou lorsque j'ai une crise.
- Les autres font ça ? C'est bizarre, tu n'es pas fou, tu as une maladie.
- Pourtant, ils pensent que c'est nous qui sommes bizarres.
- Tu vois Gabriel, nous sommes comme ces amendes perdues dans ce nougat ; au regard, cela paraît étrange, mais en réalité le nougat ne serait pas aussi bon si elles n'étaient pas présentes.
- Voilà que tu parles comme Jésus...

Un nouveau fou rire nous envahit.

Il est probable que j'ai commencé à être croyant ce jour-là, certainement par compassion pour le Christ qui devait paraître lui aussi bien étrange parmi les siens. Durant de longues années j'ai poursuivi le catéchisme du père François et ai été assidu à la messe dominicale... mais ces miracles... ces nombreux miracles... ils m'ont longtemps hanté, il devait y a avoir quelque chose à découvrir derrière tout ceci...

CHAPITRE 8 : MYTHE

Été 1828

En ce matin d'août, je ne le sais pas encore, mais je vais partir à la découverte d'une partie de la réponse à l'énigme des miracles de Jésus.

Mon père est allé travailler, et ma mère est occupée en cuisine. Une tolérance s'est installée quant à l'utilisation du fauteuil de papa en son absence. J'en profite donc pour me positionner, bien caler au fond, le journal de la veille entre les mains. Mais un livre va attirer mon œil, il n'était pas présent hier. Je repose le quotidien et me saisis du précieux Graal. Le titre m'interpelle…

FRANKENSTEIN,

ou

LE PROMÉTHÉE MODERNE,

Mais ce qui suit est également étrange.

DÉDIÉ À WILLIAM GODWIN,

AUTEUR DE LA JUSTICE POLITIQUE, DE CALEB WILLIAMS, ETC.

PAR MME SHELLY, SA NIÈCE.

TRADUIT DE L'ANGLAIS PAR J.S.***

Un nouvel univers s'ouvre à moi, de nombreuses découvertes, des énigmes à résoudre ; qui sont ces personnages Frankenstein et Prométhée ? ; qui est Mme Shelly[19] et surtout qui se cache derrière ces initiales J. S.[20] ?

Ce que je peux déduire pour le moment c'est que l'auteur du livre est une femme qui doit être anglaise ou américaine ; mon père m'a déjà expliqué que ces deux peuples parlaient la même langue. Ce que je n'avais pas compris encore, c'est que la différence était tellement distincte de notre français qu'il fallait un traducteur pour que nous puissions lire l'ouvrage.

Je m'empresse de découvrir les premières pages. Dès le début, je tombe sur quelques mots probablement écrits en anglais, qu'effectivement je ne comprends pas, mais juste au-dessous une série de chiffres, comme je l'ai déjà vu dans d'autres livres. C'est magnifique… les chiffres… mais bien sûr les chiffres… voilà pourquoi ils me fascinent tant… ce sont les mêmes dans toutes les langues, ils sont un langage universel… magnifique, c'est magnifique.

Dès les premiers mots, je suis happé par l'histoire de Robert Walton narrant à sa sœur Margaret les aventures qu'il vécut lors de son expédition maritime au pôle Nord et la rencontre avec un géant qui conduisait un traîneau. Mais rapidement, je me dis que je ne peux pas me permettre de poursuivre cette lecture trop longtemps, si ma mère me surprend avec le livre de mon père entre les mains, elle ne va pas

---

[19] Marie Shelley, romancière et auteur dramatique britannique (1797 – 1851)
[20] Jules Saladin, traducteur français de l'anglais (XVIIIe siècle – XIXe siècle)

être contente. J'imagine alors un subterfuge ; lire quelques pages par jours, juste ce qu'il faut pour ne pas être vu… mais… mais, mon père aussi lit ce livre… et s'il le finissait avant moi, je ne pourrais jamais le terminer. Je vois qu'il a commencé la lecture, une page légèrement pliée dans un coin atteste de la dernière page lue ; page 12.

J'entame un de mes exercices préférés ; un calcul. Sachant que mon père lit 12 pages par jours, il lui faudrait un peu plus de 23 jours pour lire l'ensemble des 280 pages. Donc si je souhaite finir avant lui il faut que je lise la totalité de l'œuvre en 22 jours, soit un peu moins de 13 pages par jour. Voici mon défi ; lire 13 pages aujourd'hui et les autres jours.

Une fois les 13 premières pages terminées, je décide de faire également une pliure sur la page, mais je fais en sorte de remettre le repli droit afin que ne reste que le petit trait de visible, et ainsi n'éveiller aucun soupçon. Finalement, ce stratagème se révélera inutile, puisque je me souviendrais parfaitement du numéro de la plage le lendemain.

Chaque jour de lecture est une plongée dans un monde inconnu, étrange, celui du fantastique. L'histoire de Victor Frankenstein est passionnante et effrayante à la fois ; il a découvert le moyen de donner la vie, en ce point je lui trouve des similitudes avec Jésus. La plus grosse difficulté de déchiffrage est sans doute que Mme Shelly [21] a décidé d'entrelacer l'histoire de Frankenstein et de sa créature. Le monstre malheureux d'être moqué pour sa laideur éprouve une haine pour son créateur et finit par tuer le propre frère de Victor. Les deux hommes finiront par se retrouver, le monstre réclamant une compagne à Victor qui acceptera à contrecœur. Mais au dernier moment, il changera d'avis

---

[21] C'est bien comme cela que le nom de Mary Shelley est écrit sur l'ouvrage d'origine en français.

et détruira son laboratoire. Finalement, l'ensemble des protagonistes se rencontreront aux pôles Nord avec Robert Watson. Victor Frankenstein trouvera le trépas et le monstre se donnera la mort. Je referme le livre et beaucoup de réponses s'ouvrent dans mon esprit...

– Charles, que fais-tu avec mon livre ?

Plongé dans ma lecture, je n'avais pas entendu mon père rentrer.

– Je... je... je l'ai lu...

Maudite obsession de ne jamais mentir.

– Tu l'as lu ? Mais c'est un livre pour les adultes.

– Pourquoi ?

– Mais, mais parce que les enfants de ton âge ne peuvent saisir ce genre de livre... d'ailleurs qu'en as-tu compris ?

Je me concentre un long moment avant de répondre, je ne veux pas qu'il imagine que je n'ai rien compris.

– Alors je t'écoute Charles.

– J'ai saisi qu'il ne faut pas forcément lire un texte de la même manière qu'une simple histoire, mais, que l'auteur chercher à nous dire autre chose. Un peu comme Jésus lorsqu'il parle aux Apôtres.

Je vois dans les yeux de mon père un étonnement.

– Et que voulait dire Mary Shelly ?

– Qu'il faille faire attention lorsque l'homme se prend pour Dieu, il ne réussira jamais à faire comme lui.

– Et comment as-tu compris cela ?

– Eh bien, elle a dit que le docteur Frankenstein était le Prométhée moderne, et j'ai demandé au père François s'il connaissait ce Prométhée.

– Et que t'a-t-il appris ?

– Il m'a demandé duquel je voulais parler, parce qu'il s'agit d'un mythe et qu'il peut avoir plusieurs sens.

– Que lui as-tu répondu ?

–   Que j'en cherchais un qui était capable de donner la vie ! Et il m'a dit que je parlais probablement du Prométhée d'Ovide[22].

–   Et son éclaircissement t'a aidé ?

–   Oh oui, et en plus le père François m'a raconté un autre mythe qui était presque identique, celui du Golem[23].

–   Et qu'est-ce qu'ils ont en commun ces mythes ?

–   Ils sont tristes, parce qu'à la fin la créature meurt.

–   Tu n'y as pas vu d'espoir dans ce livre.

–   Non, mais j'ai compris que ce qui faisait de nous des hommes c'est ce que nous avons en nous, peut-être ce que seul Dieu peut nous donner ; une part de lui.

Pour la première fois que je puisse me souvenir, mon père m'a pris dans ses bras un long moment.

–   Je suis fier de toi, mon fils.

J'étais enfin pris au sérieux, finalement j'ai pu m'exprimer normalement face à l'un de mes parents.

Le lendemain soir, de retour de l'école, mon père m'avait préparé une surprise et ma mère m'attendait impatiemment.

–   Mon chéri, rentre vite.

–   Tu as l'air bizarre maman.

–   Mais non, mais non. Dis-moi plutôt si tu sais quel jour nous sommes ?

–   Oui, le 17 septembre 1828.

–   Mais c'est ton anniversaire Charles.

–   Oui aussi.

---

[22] Poète latin qui vécut durant la période qui vit la naissance de l'Empire romain.

[23] Dans la mystique puis la mythologie juive, un être artificiel, généralement humanoïde, fait d'argile, incapable de paroles et dépourvu de libre arbitre, façonné afin d'assister ou défendre son créateur.

- Tu sais à quel point tu as rendu fier ton père après que tu lui as raconté l'histoire du livre.
- Oui.
- Et bien, file vite dans ta chambre, il t'y attend.

J'imaginais qu'il allait m'offrir un cadeau pour ce fameux anniversaire, j'avoue ne pas comprendre, encore aujourd'hui, le concept de faire un présent, un jour qui nous rappelle que nous nous approchons de plus en plus de la mort. Mais en entrant dans ma chambre, la surprise fut réelle.

- Ouah !
- Bonsoir, Charles ! Je pense qu'un grand garçon comme toi mérite d'avoir son propre bureau pour y lire et écrire.

Il était magnifique, plat en acajou avec un large tiroir central et deux petits de chaque côté. En plus, je pouvais les fermer avec une clef. Mais encore plus impressionnant, sur le plateau étaient posés un très bel encrier et un petit carnet bleu.

- Ouah !
- J'imagine que c'est sa façon d'exprimer sa joie Jean.
- Alors Charles, qu'en penses-tu, ça te plaît ?
- Oui beaucoup. Mais je vais pouvoir écrire dans le carnet bleu ?
- Bien sûr, mon chéri, et ton père te prêtera d'autres livres si tu le désires.
- D'accord.

Une fois seul dans ma chambre, je me suis précipité jusqu'à mon bureau. J'ai pris place sur la petite chaise en bois sur laquelle ma mère avait déposé un coussin rouge.

J'ouvre délicatement le carnet bleu à la première page. Je me saisis de la belle plume, soulève le couvercle de l'encrier… hum, cette odeur… J'y trempe la pointe, puis lentement j'écris mes premiers mots.

Carnet de Charles Pagiaut
4 rue du Puits
Terre-Bounnain

Je souffle durant quelques secondes sur l'encre afin de la faire sécher, puis je tourne la page pour y inscrire mes premières pensées, comme je prendrais l'habitude de la faire dorénavant.

Le mercredi 17 septembre 1828, jour de mes 8 ans.

Le mythe nous permet de rendre vivantes des idées.

Notre Seigneur Jésus Christ est-il un mythe ?

CHAPITRE 9 : HUMOUR

Hiver 1829

De belles flammes virevoltent dans l'âtre de la cheminée, la chaleur commence à peine à emplir le salon. Cet hiver est particulièrement rude, il fait nuit et froid. Nous sommes avec ma mère blottis l'un contre l'autre dans le canapé, une grosse couverture sur les genoux.

- Il est six heures du soir, ton père ne devrait pas tarder à rentrer.
- Il doit avoir froid dehors.
- Rassure-toi, je nous ai préparé une bonne soupe bien chaude avec des poireaux et des pommes de terre.

La porte d'entrée vient de s'ouvrir, ce qui fait sursauter ma mère. Elle se précipite à la rencontre de mon père, je la suis lentement, la couverture sur les épaules.

- Jean tu es transi de froid, viens dans le salon, Charles m'a aidé à allumer un grand feu.

Il défait une à une les couches successives, son chapeau, ses gants, sa grosse écharpe de laine, son manteau d'hiver, et s'installe dans son fauteuil en se frottant les mains vers la cheminée.

– Maman nous a préparé une bonne soupe bien chaude pour le dîner.
– Avec des poireaux et des pommes de terre ?
– Oui Jean, tu vas te régaler et surtout te réchauffer.
– Charles, veux-tu bien m'apporter ma sacoche que j'ai posée dans l'entrée ?

Je m'exécute, la couverture toujours fixée sur les épaules. Le sac me paraît plus lourd que d'habitude, je la tends à mon père. Il l'ouvre délicatement et en sort un beau livre.

– Alors Jean, comment c'est passée cette journée… mais c'est quoi ce livre ?

À son habitude, ma mère n'attend pas la réponse à la première question et en démarre une autre, cela m'a longtemps déstabilisé, je ne savais jamais à laquelle je devais réagir… j'attends donc avec impatience ce que va dire mon père…

– Mon collègue Pierre me l'a donné…
– … combien l'as-tu payé ?
– Je viens de t'expliquer qu'il me l'avait donné.
– Pour quelle raison ?
– Ce que j'ai compris, c'est que son beau-frère libraire lui a offert… une… une commande en trop ou… quelque chose comme ça.
– Si c'est un cadeau, pourquoi te l'avoir donné ?
– Le sujet ne l'intéressait pas.
– Et il parle de quoi ce livre ?
– De philosophie.
– De philosophie ?
– Oui.
– Mais Jean, tu ne t'es jamais passionné pour la philosophie, tu m'as même toujours dit que tu n'y comprenais rien.

– C'est vrai, c'est vrai, mais je me suis dit que cela pourrait intéresser Charles.

J'ai senti dans les yeux de ma mère une sorte de colère silencieuse.

– Tu crois vraiment qu'il faut l'encouragé dans…

– … Marie !

– C'est bon, fait comme tu veux, mais je t'aurai prévenu…

Mon père attendit le départ de maman vers la cuisine, puis se retourna vers moi en me tendant le livre de philosophie.

– Tiens Charles, c'est pour toi.

– Mais, maman…

– … ne t'en fais pas, elle est juste un peu embêtée que l'on m'ait offert ce livre.

Pourquoi mentir ? Croit-il que la vérité ne soit pas bonne à dire ? Imagine-t-il que je n'ai pas compris que ma mère est très perturbée parce que je ne suis pas comme les autres enfants ? Pourquoi mon père semble-t-il fier lui ?

– Merci Papa.

– Surtout, une fois terminé, j'aimerais que tu me l'expliques comme tu l'avais fait avec le livre de Mary Shelly.

Étrangement, le collègue de mon père lui donnera régulièrement des livres ; soit, son beau-frère libraire est un mauvais gestionnaire ; soit, de nouveau mon père me ment pour éviter que maman ne sache que ce soit lui qui les achète.

Il me reste trente minutes avant le dîner, je pars donc m'isoler dans ma chambre le précieux ouvrage en main.

Je le pose délicatement sur mon bureau et m'installe, bien calé sur mon siège. Je l'ouvre et commence à lire la première page.

ŒUVRES

DE PLATON,

TRADUITES

par Victor Cousin.

Tome quatrième.

J'ai déjà beaucoup d'informations ; il existe trois autres tomes avant celui-ci ; Platon n'est pas français, puisque Victor Cousin a traduit ses œuvres. Il va falloir que j'aille voir dans le grand dictionnaire qui est ce fameux Platon. Mais une autre indication en bas de page est inscrite.

Paris,

BOSSANGE Frères, Libraires,
Quai Voltaire, N° 13

ooooooooooooooo

M. DCCC. XXVII.

Il faudrait que je demande à papa, comment s'appelle le beau-frère de son collègue et voir s'il s'agit vraiment de Bossange. Mais ce qui m'interpelle ce sont les lettres du bas : M DCCC XXVII. Le père François m'avait déjà dit que les Romains utilisaient des lettres pour écrire les nombres, M vaut 1000, D vaut 500, C vaut 100, X vaut 10, V vaut 5 et I vaut 1, ce qui nous donne le nombre 1827, probablement l'année d'impression de ce livre.

    – Je vois que tu n'as pas perdu de temps.

Mon père vient de faire irruption sans faire de bruit.

    – Oui, mais j'aimerais regarder quelque chose dans ton grand dictionnaire.

    – Ne bouge pas, je te l'apporte.

Il fait un aller-retour jusqu'au salon et me dépose l'énorme livre sur mon bureau.

    – Le voici. Nous dînons dans quinze minutes, tu le rapporteras.

    – D'accord.

Je tourne rapidement les pages du dictionnaire pour retrouver le nom de Platon. Page 683, je tombe sur platonicien, mais pas de Platon ; je comprendrais plus tard que dans un dictionnaire nous ne trouvons pas les noms propres. Néanmoins, j'en lis la définition : « qui a rapport à la philosophie de Platon, qui la suit. » Philosophie… le même mot prononcé par mes parents. Page 673, « Philosophie : Connaissance des choses par leurs causes et leurs effets. ».

Effectivement, papa avait raison, la philosophie va beaucoup m'intéresser… Comme j'ai le dictionnaire en main, j'en profite pour aller voir une vieille énigme que j'ai en tête depuis longtemps ; page 49, « Alphabet[24] : Recueil de toutes les lettres d'une langue. ». Pas très instructif… sauf que juste au-dessus se trouve la définition d'un mot que je ne connaissais pas « Alpha : Première lettre de l'alphabet grec. ». Machinalement, je vais voir à Bet, mais rien…

Un peu frustré, je referme le grand dictionnaire, mon livre de Platon, et me dirige vers le salon pour prendre un bon bol de soupe aux poireaux et aux pommes de terre.

Le repas terminé, je retourne à mon bureau pour inscrire dans mon carnet bleu les découvertes du jour. J'y prends un grand plaisir surtout l'écriture des chiffres.

---

[24] Le français est écrit principalement avec l'alphabet latin, dérivé de l'alphabet grec, lui-même issu du phénicien (11e siècle avant Jésus-Christ). L'alphabet phénicien suivait probablement un classement basé sur le sens des lettres (classement dit « sémantique »), dans un ordre qui facilitait l'apprentissage : le « A » (premier son du mot « aleph » qui signifie « bœuf ») était suivi du « B » (premier son du mot « beth » qui signifie « maison »), car les bœufs étaient autour de la maison. De même, yodh (« bras ») était suivi de kaph (« paume ») et de lamed (« bâton »). L'alphabet phénicien fut repris par les Grecs qui l'adaptèrent et ajoutèrent les voyelles. Le mot « alphabet » vient des lettres aleph et beth, qui deviendront alpha et bêta en grec.

Le mardi 3 février 1829, jour d'hiver très froid.

MDCCCXXVII _vaut_ 1827

Recherche dans le dictionnaire :

Page 683 : platonicien, page 673 : Philosophie, page 49 : Alphabet

Platon va-t-il me permettre d'accéder à la connaissance ?

Les nombres sont-ils la clef ?

Dès le lendemain, je reprends la lecture du livre de Platon, ou plutôt je vais réellement démarrer le déchiffrage… je me suis couché sans connaître le titre exact de l'œuvre…

LYSIS,

OU

DE L'AMITIÉ.

J'imagine que Lysis est le nom du héros. Je vais probablement en savoir plus dans les premières pages.

ARGUMENT

PHILOSOPHIQUE.

Tous les critiques veulent que le Lysis soit le pendant de Charmide. En effet, à ne considérer que l'extérieur, tout se ressemble dans ces deux dialogues. Dans l'un comme l'autre, c'est Socrate qui raconte lui-même une conversation qu'il eut autrefois dans une palestre.

Bon… je dois en découvrir plus sur ce Socrate et rechercher dans le dictionnaire le mot palestre…

La lecture de ce livre va me permettre de remplir un bon nombre de feuillets de mon carnet bleu.

Le sujet central du livre est bien comme l'indique le titre : l'amitié, philae disent les Grecques, mais cette amitié entre deux hommes, Hippothalès et Lysis, m'est apparu étrange… j'en ai parlé avec le père François qui m'a précisé que cela été courant en Grèce antique.

Au fil de la lecture, j'apprends à mieux connaître Socrate, sa façon de dialoguer, sa manière de faire discourir les autres et surtout son humour. Visiblement, les sophistes ne sont pas ses amis, il leur reproche de converser sans savoir, d'ailleurs par ses questions il réussit à les faire se contredire. J'avoue avoir eu quelques moments de rires. J'ai même été surpris par ma mère qui n'a pas bien compris pourquoi je trouvais amusante la philosophie…

Mon père m'a fait parvenir par le « beau-frère libraire » l'ensemble des tomes de l'œuvre de Platon, enfin l'œuvre de Socrate aurait été plus judicieuse, et c'est bien grâce à lui que j'ai décidé de pratiquer l'ironie pour me sortir de situation embarrassante, afin qu'on ne dise plus « cet enfant est bizarre », mais « cet enfant est drôle ».

CHAPITRE 10 : HISTOIRE

Été 1830

En cette belle après-midi ensoleillée, je suis dans le jardin à observer les abeilles butiner dans les fleurs de courgettes. Ses insectes sont vraiment impressionnants, ils sont capables de voler des kilomètres pour rapporter leur moisson jusqu'à la ruche et de retrouver systématiquement le chemin.

   – Charles, mon chéri ! Rentre à la maison !

La douce voix de ma mère vient briser ce moment de poésie…

   – J'arrive !

Elle m'attend devant la porte de derrière tel un soldat gardant l'entrée d'un château fort.

   – Dépêche-toi ! Tu vas venir avec moi à mon travail.

   – Ton travail ?

   – Mais oui, mon chéri, mon travail. Tu sais bien les ménages que je fais chez monsieur Vitré.

   – Étienne Vitré ?

   – Oui celui-là même.

Je savais que ma mère faisait un peu de ménage dans le village, mais je n'avais pas compris qu'il s'agissait du journaliste dont j'admire les articles depuis des années.

–   Et tu veux que je vienne avec toi ?

–   Mais oui, alors enfile ta veste et nous y allons.

–   Et monsieur Vitré sera présent ?

–   C'est possible, je n'en sais rien. Mais pourquoi ces questions ?

–   J'aime beaucoup ce qu'il écrit.

–   Et bien s'il est là tu pourras le lui dire. Allons-y !

Tout le long du chemin qui mène à la demeure du journaliste, je me remémore les différents articles qu'il a publiés, je me fais une liste de questions à lui poser… j'ai hâte d'arriver et de le rencontrer.

Nous y sommes, la demeure est l'une des plus belles du village avec celle dans laquelle ma grand-tante Suzon travaillait. La première différence je la remarque de suite… il y a cinq marches à franchir… contrairement aux trois de la maison de grand-père René, mais elles sont taillées dans un magnifique marbre blanc.

–   Ne reste pas planté là, Charles.

La résidence est vraiment très grande, un superbe jardin entoure la demeure. Ma mère m'attend en haut du porche, prête à franchir la belle porte de bois sculptée. Je ne peux m'empêcher de compter les marches en montant ; un, deux, trois, quatre et cinq. Soudain, la porte s'ouvre…

–   Bonjour madame Vitré.

–   Bonjour, madame Pagiaut, bonjour jeune homme, entrez.

Si je voulais savoir ce qu'était la perfection, je l'avais devant mes yeux ébahis… madame Vitré… Une femme dont la beauté n'a d'égal que le nombre d'or[25]… d'ailleurs, je suis sûr que les divines proportions ont été calculées sur son visage…

–   Charles, Charles, tu rêvasses ?

–   Non, non… Bon… bonjour madame.

---

[25] Rapport mathématiquement, également appelé, divine proportion dont la valeur est approximativement 1,618

– Bonjour, Charles, soit le bienvenu.

Je commence à scruter l'intérieur de la demeure, dont l'aménagement est à la hauteur de la maîtresse de maison ni trop ni pas assez, juste parfait. J'observe partout, mais rien…

– Tu cherches quelque chose, Charles ?
– Non, euh... oui. Votre mari n'est pas là ?
– Malheureusement avec les événements actuels, il est souvent absent et doit se rendre régulièrement à Paris.
– Voyons Charles, veux-tu bien laisser madame Vitré tranquille avec tes questions ?
– Ne le blâmez pas, madame Pagiaut.
– Je vous en prie, appelez-moi Marie. Pour vous dire la vérité, Charles est un grand admirateur des articles de votre époux.
– Un jeune homme comme toi, c'est assez rare. Je lui en ferais part à son retour.

Afin que je ne m'ennuie pas trop pendant qu'elle fait le ménage à l'intérieur de la maison, ma mère m'a proposé d'aller dans le jardin pour y arracher les mauvaises herbes.

– Surtout, fait attention de ne pas retirer de jeunes pousses Charles.
– Ne t'inquiète pas maman, grand-tante Suzon m'a tout appris sur les mauvaises herbes…
– … Ah, si grand-tante Suzon t'a tout appris, me voilà rassurée.
– Il m'a l'air bien dégourdi pour son âge votre fils Marie.
– Oui, parfois même un peu trop… malheureusement.

Alors que je m'attelle à ma tâche, je ne peux m'empêcher de penser à Étienne Vitré. L'article qu'il a publié hier était assez alarmant ; Charles X a promulgué six nouvelles ordonnances ce 25 juillet 1830, dont la première qui suspend la liberté de la presse. Le savoir sur Paris m'inquiète, n'est-ce pas trop dangereux d'être sur place pour les journalistes en ce moment ? Que va-t-il advenir de Charles X, s'il poursuit sur ce chemin ?

Son travail étant terminé, ma mère vient me quérir dans le jardin pour que nous rentrions à la maison. Mais à ma grande joie, un homme arrive tout près de nous, madame Vitré l'accueille chaleureusement.

- Étienne, mon amour !
- Ma douce Élisabeth.
- Je ne pensais pas te revoir de sitôt.
- Pour te dire la vérité, je ne vais pas rester longtemps, je viens juste prendre quelques affaires pour passer quelques jours à Paris, les nouvelles ordonnances de notre souverain commencent à déplaire…
- J'en suis désolée, mais, si le devoir t'appelle…
- … Bonjour, Marie, excusez-moi, je ne vous avais pas vu.
- Bonjour monsieur Vitré.
- Je vois que vous n'êtes pas seule… serais-tu le jeune Charles ?

Je m'approche tout penaud à l'idée de rencontrer un homme que j'admire.

- Bonjour monsieur Vitré.
- Oh non, Charles, je t'en prie, c'est la deuxième fois que nous nous retrouvons, appelle-moi Étienne.
- D'accord monsieur Étienne…
- … si tu veux…
- Oh ! vous savez qu'il est de vos lecteurs les plus assidus.
- J'en suis flatté.
- Il rêvait de vous rencontrer.
- Tu sais Charles la première fois que je t'ai vu, tu n'avais que quelques jours. Et bien, figure toi que moi aussi je rêvais de te revoir.

C'est probablement très étrange, mais je voyais dans ce regard qu'il était réellement sincère.

– Croyez-vous que Charles X risque son trône avec les ordonnances qu'il vient de promulguer ?

Ma question fuse, sans vraiment me préoccuper de la réaction de ma mère.

– Charles !

– Non, Marie. L'interrogation de votre fils est très pertinente. Mais qu'est-ce qui te fait dire cela ?

– Je pense qu'il va se mettre beaucoup de gens à dos.

– À qui penses-tu ?

– D'abord les journalistes comme vous, avec la suspension de la liberté de la presse.

– C'est probable. Qui d'autre ?

– Les députés, ils viennent juste d'être élus et il détruit l'assemblée…

– … dissout Charles, on dit dissoudre l'assemblée.

– Oui, c'est ça, dissoudre. Donc ils ne vont certainement pas être contents.

– Je suis d'accord avec toi. C'est pour cela que je dois être au plus près des événements.

– Oh ! ne l'encouragez pas trop, il va prendre la grosse tête !

– Non, Marie. Je vous assure que votre fils mérite que nous nous intéressions à ce qu'il vient de dire. D'ailleurs, je pense à une chose Charles.

– Oui.

– Puisque tu as l'air de te passionner pour notre vie politique et aux événements actuels, serais-tu d'accord pour rédiger un petit texte sur le sujet ?

– Vous voulez que j'écrive un article… comme vous ?

– Je ne te promets pas qu'il sera publié, mais j'imagine que le point de vue d'un enfant de ton âge pourrait intéresser nos lecteurs. Qu'en penses-tu ?

– Je… je suis d'accord… mais, mais vous le voulez quand ?

– Je te propose de nous revoir dans quelques jours après mon retour de Paris.

– Monsieur Vitré, vous êtes aimable avec Charles, mais ne croyez-vous pas que cela soit compliqué pour un enfant de dix ans ?

– Pour enfant de dix ans, assurément, mais pour Charles, je ne le crois pas.

Visiblement, Étienne Vitré portait déjà à cette époque un grand intérêt sur mon évolution intellectuelle et semblait être le seul avec le père François à considérer mes capacités.

Le soir même, je me suis mis à écrire des notes dans mon carnet et tous les jours qui suivirent. Les événements se sont malheureusement passés comme je le craignais, Charles X a été bousculé…

Mon article est prêt, je vais pouvoir le donner à Étienne.

Charles, par Charles

Terre-Bounnain, le 31 juillet 1830

Depuis l'année passée, notre souverain n'a pas su voir en monsieur de Polignac l'homme qui a engendré sa chute. La première erreur fut probablement la dissolution de l'assemblée le 16 mai dernier pour donner suite à la motion de censure à l'encontre de monsieur de Polignac du 18 mars précédent. En lui conservant sa confiance, il commettra une deuxième erreur, fatale, celle-ci, avec la promulgation des ordonnances de Saint-Cloud du 25 juillet dernier. Les émeutes qui s'en suivirent permirent aux peuples de s'exprimer par la force et obliger Charles X à fuir Paris. Gageons que dans les prochains jours, notre souverain n'aura d'autre choix que d'abdiquer.

Charles Pagiaut

Après l'avoir lu rapidement, maman n'aura qu'un commentaire.

— Ne t'emballe pas trop Charles, monsieur Vitré est très occupé, je ne suis pas certaine que ce petit article l'intéresse réellement.

Je savais qu'il n'était pas chez lui, j'ai donc laissé ma mère seule lui déposer mon précieux document.

Le soir venu, je me suis mis à mon bureau pour y écrire les quelques lignes de la journée, alors que je m'apprêtais à refermer le carnet bleu, la voix de ma mère a retenti dans la maison.

— Charles ! Viens vite, mon chéri ! Quelqu'un t'attend !

Effectivement, c'était une bonne surprise.

— Monsieur Étienne ?

— Non Charles, appelle-moi simplement, Étienne.

— Vous… vous avez lu mon article ?

— Bien sûr que je l'ai lu. Il était magnifique et très bien écrit, comme je m'y attendais.

— Merci.

— Et avant que vous ne me posiez la question Marie, oui, il sera probablement publié, je m'y engage.

Ma mère parut étonnée par la remarque d'Étienne, mais j'étais assez d'accord avec lui.

— Ah, Charles, j'ai failli oublier. Je sais que tu aimes beaucoup ce qui relève de la politique, de l'histoire.

— Oui, c'est vrai.

— Alors, permets-moi de t'offrir un exemplaire de ce livre que j'ai écrit l'année dernière.

— Vous êtes écrivain ?

— Je suis plus historien que romancier, mais on peut dire que je suis écrivain.

Avec un large sourire, je me saisis du bel ouvrage intitulé <u>Histoire du château de Melun</u> et effectivement signé d'Étienne Vitré.

–   Tu verras à l'intérieur, je t'ai fait une petite dédicace.
–   Merci beaucoup Étienne.
–   Marie, Charles, monsieur Pagiaut, je vais prendre congé en vous souhaitant une excellente soirée.
–   Merci encore monsieur Vitré.

À peine parti, je me suis isolé dans ma chambre afin de lire le mot qu'Étienne m'avait écrit.

À mon jeune ami Charles,
dont la connaissance ne demande qu'à éclore.

Étienne. :

Étrange message, étrange signature…

CHAPITRE 11 : MUSIQUE

Octobre 1830

Alors que nous sommes en plein milieu de l'automne, la température est douce. Comme souvent lorsque je ne suis pas à l'école laïque, j'accompagne ma mère chez le couple Vitré. Toujours avec ce fol espoir d'y voir Étienne et de discuter longuement de l'actualité et des différents livres que je dévore… malheureusement, il est fréquemment en reportage sur la capitale. J'aurais voulu parler avec lui de la révolution des Belges de cet été qui aujourd'hui se termine par la proclamation sur leur indépendance, lui dire en face que je trouvais son article, comme d'habitude, très clair…

Ce matin, avec ce temps agréable, je sentais que j'aurais de la chance… et ce fut le cas, mais pas exactement comme je l'avais imaginé.

Arrivé sur place, Étienne n'était pas présent… aurais-je eu une mauvaise intuition ?

Comme à notre habitude, lorsque ma mère s'attelle au nettoyage de la maison, je m'occupe du jardin. Mes pensées vont en cet instant précis vers Étienne qui doit vivre des moments particuliers depuis l'abdication de Charles X et la prise de serment de notre nouveau roi des Français Louis-Philippe 1er, début août. Mais soudain, une douce mélodie vient me chatouiller les oreilles, une petite mélodie semblant venir de nulle part commence à me sortir de la désillusion du matin. C'est la première fois que j'entends de la musique, de la vraie musique. Même si la petite boîte avec la danseuse de ma prime enfance sortait un son mélodieux, ici c'est tout autre chose. Serait-ce un cadeau de Dieu pour me réconforter ?

Cette sensation n'est pas toute nouvelle pour moi, c'est très étrange… des sons, des couleurs… des nombres, encore des nombres. C'est malgré tout beaucoup plus fort qu'avec la boîte à musique. À chaque note, je vois apparaître devant mes yeux un chiffre qui se balade sur une ligne de couleur.

– Ouah !

Plus la musique se poursuit, plus mon esprit s'échappe dans ce monde imaginaire de chiffre et de couleur… un véritable arc-en-ciel…

Je dois aller voir de plus près. Je me dirige vers la mélodie à l'arrière de la demeure. La musique est de plus en plus forte, mais tout aussi magique. Je ne m'étais jamais aventuré de ce côté-ci de la maison des Vitré. Devant mes yeux, une magnifique véranda de verre ouverte sur le jardin. C'est ici… aucun doute… je m'approche lentement sans faire le moindre bruit.

Serait-ce là le paradis ? Devant moi un spectacle splendide, au milieu de fleurs aussi odorantes que colorées, trône un énorme piano, comme ceux que j'avais pu observer sur de vieilles gravures. C'est bien ici que cette musique enivrante est créée. Mais derrière le surprenant instrument… elle… Élisabeth, l'épouse d'Étienne… dont la beauté n'a pas d'égale dans notre village. Ses mains et ses doigts longs et fins paraissent danser sur les touches noires et blanches du piano.

Dans cet Eden terrestre, la musique est encore plus magnifiée, plus forte et plus douce à la fois. Les couleurs que je perçois se mélangent avec celles des roses, bégonias et autres violettes... Et tous ces nombres...

Je m'approche toujours plus près pour observer les mains de la virtuose.

– Ouah...

Je n'ai pu m'empêcher, le son est sorti de ma bouche sans que je m'en rende compte. Élisabeth m'a vu et m'a souri... quel bonheur ! Je ne savais plus trop si j'étais plus subjugué par la beauté de cette musique, que par celle de cette femme... probablement les deux à la fois.

Avec tous ces chiffres que je voyais dans mon esprit et les doigts d'Élisabeth tapant sur chacune des touches... une blanche... une noire... puis deux blanches et ainsi de suite à l'infini, j'avais l'étrange sensation qu'elle se servait du piano pour faire des calculs. Le voici donc mon langage universel... la musique. Les notes sont des chiffres, la musique l'équation mathématique et le résultat un arc-en-ciel.

Le piano est ouvert, on dirait un écrin, sauf que ce sont des notes qu'il renferme et non des bijoux. Je m'approche de plus en plus, je veux comprendre... Comment ce son magique sort-il de cette boîte ? Des cordes de différentes tailles sont tendues dans la longueur de l'instrument, puis lorsqu'Élisabeth actionne l'une des touches, un petit marteau vient frapper l'une de corde... ça à l'air si simple. La perfection serait-elle dans la simplicité ?

Puis soudain plus rien, le silence total. Élisabeth s'est arrêtée de toucher le clavier de son piano. Même ce calme me paraît magique, je vois les chiffres tomber au sol un à un puis disparaître dans un nuage de couleur.

– Est-ce que cela t'a plu, Charles ?

La question me prend de court, qu'est-ce qui est censé m'avoir plu ? Le fonctionnement du piano, le son enivrant, les couleurs ? Alors bêtement je réponds :

– Oui.

Un oui sans couleur, sans saveur, un oui de quelqu'un d'encore un peu envoûté. Mais la deuxième question me surprend tout autant.

– Sais-tu de qui est cette œuvre ?

Ma réponse m'est apparue sur le moment très évidente.

– Vous.

– Ah ! Ah ! Mon petit Charles. Dois-je comprendre que c'est la première fois que tu entends de la musique ?

– Oui.

Son sourire en retour me fit saisir que cette réponse était moins stupide que la précédente.

– Et bien, figure-toi Charles, que je ne suis qu'une pianiste, l'interprète d'œuvres composées par d'autres. Et ce que tu viens d'entendre a été écrit par un grand monsieur : Mozart.

– C'est lui qui a écrit toutes ces notes sur votre livre ?

– C'est bien lui, et il l'a intitulé <u>La Flûte enchantée</u>.

Il aurait pu l'appelée La flûte envoûtante, tellement c'était beau à mes oreilles.

– Et ce que tu as entendu était l'ouverture de cette œuvre, le premier chapitre si tu préfères.

– Donc Mozart, c'est un écrivain des notes.

– Oui Charles, le terme exact est un compositeur. Mais dis-moi quelle sensation t'a donné cette musique que j'ai jouée au piano ?

Jouer quel verbe somptueux pour décrire la joie dans les yeux d'Élisabeth lorsque ses doigts se baladent sur les touches du clavier.

– À chaque note que vous faisiez, je voyais un chiffre sortir du piano semblant voler sur un tapis de couleur et former un magnifique arc-en-ciel.

Son regard bleu azur me fixa intensément, j'étais troublé.

– Merci, Charles, c'est le plus beau compliment que je n'ai jamais reçu. Je comprends maintenant pourquoi Étienne te trouve si fascinant. C'est la première fois que j'entends une description aussi poétique de la musique.

– Mais, ce n'est pas comme cela que tout le monde voit ?

–   Non Charles, malheureusement non.

–   … Charles ! Charles ! Où es-tu ?

–   Je crois que ta mère te cherche…

–   … Ah te voilà, mais que fais-tu ici, tu devais rester dans le jardin.

–   Ne le blâmez pas, Marie, c'est de ma faute, je voulais qu'il me donne son avis sur l'ouverture d'un opéra de Mozart.

–   Vous avez dû être déçue, Charles n'y connaît rien en musique. Nous n'allons jamais en concert dans notre famille.

–   Détrompez-vous Marie, détrompez-vous…

Grâce à Élisabeth, je commençais à comprendre que parfois le mensonge n'est qu'un moyen d'éviter un conflit pour les gens *normaux*… je ne suis définitivement pas comme les autres.

Le soir venu, j'ai entamé une nouvelle rubrique dans mon carnet bleu, ou plutôt devrais-je dire, mon nouveau carnet bleu.

Le jeudi 28 octobre 1830, premier jour de musique.

Élisabeth Vitré est pianiste, elle joue de la musique.

Ma vision des notes dansant sur des bandeaux de couleur semble être aussi une différence que j'ai avec les autres… mais Élisabeth aime cette différence.

La musique serait-elle au même titre que les mathématiques une langue universelle ?

Depuis ce jour précis, j'ai eu deux raisons d'accompagner ma mère chez les Vitré, parler de politique et d'histoire avec Étienne et vivre la musique avec Élisabeth. Elle m'en fera découvrir de nombreuses autres et apprendre le nom de beaucoup de compositeurs : Beethoven, Bach, Chopin… elle me promit même de m'amener à l'un des concerts où elle jouera.

Non seulement Élisabeth s'amuse, mais en plus c'est son métier.

CHAPITRE 12 : DIFFÉRENCE

Été 1831

La vie dans les campagnes françaises suit le rythme des saisons, des moissons, des récoltes. Ainsi tous les premiers août, les écoles ferment pour laisser les enfants aider leurs parents dans les champs... une main-d'œuvre à moindre coût. C'est probablement ce qui me distingue également des autres élèves ; mes parents ne sont pas cultivateurs.

Alors que me camarades doivent travailler dans les champs, je pars régulièrement avec ma mère chez mes grands-parents pour m'y reposer... La veille de notre départ, j'ai inscrit quelques mots dans mon carnet sur ce sujet.

Le mercredi 3 août 1831, premier jour de repos ?

Nous partons demain chez grand-père René et grand-mère Jeanne afin que je m'y repose, pendant que mon ami Gabriel travaillera dans les champs de ses parents...

Pourquoi un enfant de onze ans qui pense comme un adulte, c'est étrange, mais s'il travaille comme un adulte, c'est normal ?

Nous sommes partis de bonne heure, mon père nous rejoindra dans quelques jours pour un long week-end, son travail ne lui permettant pas de s'absenter trop longtemps.

Les retrouvailles avec mes grands-parents furent très joyeuses, d'autant que dans cet après-midi d'été, le temps est magnifique, le soleil brille de mille feux. Je continue à songer à Gabriel qui depuis le matin même devait suer dans les champs de ses parents. Mes pensées allaient également aux habitants du pays voisin, la Belgique qui depuis le début du mois ont été envahis par l'armée néerlandaise... Étienne m'a rassuré avant de partir en me précisant qu'une troupe de l'armée française se dirigeait vers le nord pour chasser les belligérants[26].

Pourquoi l'injustice semble-t-elle mener le monde ?

Comme à notre habitude, nous passons beaucoup de temps avec ma tante Lucienne, comme nous n'avons que peu d'écart d'âge, nous avons convenu que je l'appellerais par son prénom. J'aime passer du temps avec elle, son côté ingénu lui acquière un petit charme, mais surtout, elle ne me juge pas, voir, elle m'admire...

---

[26] Le 6 août 1831, l'armée française commandée par le maréchal Gérard entre en Belgique et en chasse les Hollandais.

– Tu entends Charles ?

– Oui, c'est grand-mère et maman.

– Tu sais pourquoi elle se dispute ?

– Non, mais nous savons tous les deux que cela ne va pas durer.

– Hi, hi ! Tu as raison.

– Peut-être qu'elles ne savent même plus la raison de leur discorde.

– Ah, ah ! Que tu es drôle, mon petit Charles !

Quoi qu'il en soit, le ton ne semble pas baisser entre la mère et la fille.

– Je te dis que Charles est plus doué que Lucienne malgré son âge !

– Ne dis pas n'importe quoi, ma fille !

– Tu veux une preuve ?

– Je t'écoute.

– Et bien… euh… je ne sais pas…

– Comment ça, tu ne sais pas ! C'est ton idée, non ?

– Je sais !

– À la bonne heure.

– Faisons leur écrire une dictée et voyons lequel fera le moins de fautes d'orthographe.

– Oui, ce n'est pas idiot.

Elles se précipitent vers nous pour nous faire part de leur idée… totalement inutile… elles parlaient si fort que nous avons tout entendu.

C'est ma grand-mère qui prend la parole.

– Les enfants, nous allons vous demander de faire une dictée.

– Pourquoi ? Nos voix se sont unies dans la même question.

– Mais, mais… peu importe, vous faites cette dictée et on verra plus tard pour les explications !

Lorsque grand-mère Jeanne est dans cet état, il est inutile de la contredire. Mais un premier obstacle à ce duel saugrenu… il n'y a qu'un seul endroit pour écrire : le bureau de grand-père René.

– Comment faisons-nous maman ?

– Euh… et bien… euh… qu'ils écrivent chacun à leur tour. Pendant que l'un fait la dictée, l'autre se trouvera dans la cuisine.

Quelle organisation pour simplement nous demander de faire une dictée ! Mais à l'idée d'écrire sur le magnifique bureau de grand-père, je me moquais largement de la raison de cette confrontation familiale.

Un second obstacle : quel texte prendre pour la dictée ?

– Il faut absolument trouver quelque chose que Charles n'a pas déjà lu.

– Il n'y a pas un vieux document de travail de papa dans ce bureau ?

– Attends, oui... Il y a bien ce papier qu'il conserve depuis une quinzaine d'années.

Effectivement, c'était bien un texte que je n'avais jamais eu entre les mains, le titre était éloquent.

ARTICLE DES LOIS

SUR

L'ENREGISTREMENT,

DONT L'EXÉCUTION EST MAINTENUE.

Lucienne est la première à passer sur le bureau de grand-père, on me demande d'aller dans la cuisine qui se situe à l'opposée de la maison… il faut être sûr que je n'entende rien…

Au bout de quelques secondes, Lucienne vient me rejoindre dans ma geôle temporaire puis m'indique que c'est à mon tour.

Je m'installe sur la chaise, un papier blanc devant les yeux et le magnifique encrier de grand-père René à portée de main.

C'est ma mère qui me dicte le texte, elle sait à peine lire, elle bute sur chaque mot un peu long.

> Les droits d'enregistrements seront perçus d'après les bases et suivant les règles déterminées par la présente.

> À compter du jour de la publication de la présente, les droits d'enregistrement seront liquidés et perçus suivant les fixations établies par la loi du 22 frimaire an 7 et celles postérieures, quelle que soit la date ou l'époque des actes et mutations à enregistrer, sauf les modifications et changements ci-après.

Au fur et à mesure que la plume se posait sur le papier blanc, je pensais aux conséquences du résultat... devais-je faire des fautes exprès ? Mais l'idée même de ne pas donner le meilleur de moi-même n'était pas envisageable, je me suis donc concentré à ne faire aucune erreur... et ce fut le cas, j'y ai pris un grand plaisir.

La correction fut également épique.

– Mais non, regarde, elle a faux ici aussi.
– C'est quand même bizarre que ton fils connaisse ce mot *frimaire*, il n'était déjà plus employé à sa naissance.
– C'est juste qu'il lit beaucoup, il s'intéresse à l'histoire...
– ... Ah, nous y voilà... il est juste instruit.
– Oui, c'est vrai.

Au moment de nous annoncer le résultat de cette cruelle confrontation, mon regard croisa celui de Lucienne ; je tentais de lui faire saisir mon incompréhension dans toute cette mascarade ; j'espérais ainsi lui fournir un maximum de compassion.

– Bon, Lucienne, ma chérie, tu ne t'en sors pas trop mal, tu n'as que 5 fautes, selon ta sœur. Personnellement, je n'en vois que 4, le tiret manquant de *ci-après*, c'est un peu fort tout de même.
– Maman !
– Oui bon, Charles, tu n'as fait aucune faute.

J'étais en conflit avec deux sentiments, celui du plaisir de n'avoir fait aucune erreur et celui de la tristesse que Lucienne soit un dégât collatéral de ce stupide duel.

– Ça va, Lucienne ?

– Ne t'inquiète pas Charles, je me moque de tout ceci, je le sais, moi, que tu es intelligent.

Je la remercie par un large sourire, ce qui paraît agacer grand-mère Jeanne au plus haut point.

– Non Charles ! Tu n'es pas intelligent, tu es instruit !

Cette phrase est probablement la conclusion sur laquelle les deux femmes se seront accordées… ma mère n'aura de cesse de me la ressasser chaque fois que je semblerais trop intelligent…

Quelques jours plus tard, de retour à Terre-Bounnain, je me suis précipité sur le gros dictionnaire afin d'y voir la différence entre instruction et intelligence. « Instruction : Action d'enrichir et de former l'esprit de la jeunesse. » et « Intelligence : Faculté de connaître, de comprendre ; qualité de l'esprit qui comprend et s'adapte facilement. » Quelques lignes dans le carnet bleu s'imposaient.

Le samedi 20 août 1831, retour de congés.

Tout est nombre, le résultat de cette confrontation puérile avec Lucienne en est une preuve complémentaire, nous avons fait 5 fautes d'écart, exactement la différence de nos âges.

En tout état de cause, ma mère et ma grand-mère ne connaissent pas la bonne définition des mots instruction et intelligence.

L'instruction elle nous est donnée, l'intelligence nous ne la devons qu'à nous-mêmes ou à Dieu.

En dénigrant mon intelligence, j'imagine que maman souhaite être l'unique responsable de ce que je suis et non Dieu.

Cet épisode de ma vie me fit comprendre ce que pouvait être la souffrance, celle cachée de Lucienne qui feint de n'être touchée, et la mienne de n'être pas vu tel que je suis par mes propres parents…

PARTIE 3

LA SOUFFRANCE

Les souffrances ont donné vie aux plus grandes âmes, les personnages les plus éminents portent en eux des cicatrices.

Khalil Gibran

CHAPITRE 13 : INTERROGATION

Hiver 1832

Ce matin, Étienne est venu voir mes parents, il m'avait déjà mis dans la confidence de cette visite.

    –   Bonjour monsieur Vitré.

    –   Bonjour, Jean, je vous en prie, appelez-moi Étienne.

    –   Alors, quel bon vent vous emmène… Étienne ?

Je crois qu'intérieurement mon père a beaucoup d'admiration pour lui, malgré son aversion des journalistes… dont il dévore tout de même les articles chaque jour…

    –   Je dois réaliser un reportage sur le bassin de la Villette aux portes de Paris, et je voulais proposer à Charles de m'y accompagner.

    –   Tiens donc ? Mais pour quelle raison ?

    –   Le sujet devrait l'intéresser, il s'agit d'un inventeur qui doit faire une démonstration sur le canal.

    –   Ne croyez-vous pas qu'il soit un peu jeune pour ce genre d'expérience ?

– Non, bien au contraire. Mais ne souhaiteriez-vous pas venir avec nous, ce jeune inventeur est très talentueux.

Je reconnais bien là toute la finesse d'esprit d'Étienne, qui sans avoir eu l'accord de mon père, lui fait croire qu'il est consentant.

– Non, c'est très agréable de votre part, mais vous me promettez qu'il n'y a aucun risque.

– Rassurez -vous Jean, nous serons assez loin de l'invention, mais suffisamment prêt pour en admirer la prouesse.

– Dans ce cas, je vous remercie pour Charles.

Je ne doutais pas que mon père accepte, mais ce fut pour moi une véritable aventure, c'était la première fois que je sortais du village sans l'un de mes parents.

Étienne possède une calèche… bien plus confortable que la charrette du père Lefure. Son cheval est tout noir, comme la capote qui nous protège des intempéries. Le chemin jusqu'au bassin de la Villette est très agréable et bien plus rapide que je ne l'aurais cru.

– Dis-moi Étienne, qui est ce Sauvage que nous allons voir ?

– Pierre Louis Frédéric Sauvage, pour être exact.

– Ah, et parmi tous ses prénoms lequel devons-nous retenir ?

– Frédéric, d'ailleurs contrairement à ce que j'ai dit à ton père, il n'est pas si jeune que cela, il a 46 ans.

– Et qu'a-t-il fait avant cette invention ?

– Lorsqu'il était jeune, il a travaillé pour l'administration du génie maritime.

– Dans les bateaux ?

– Oui, et c'est certainement ce qu'il a amené à proposer son invention du jour.

– D'ailleurs, tu ne m'as toujours pas dit de quoi il s'agissait.

– C'est une surprise, tu verras sur place. Ce que je peux te dire, c'est qu'il y a dix ans, il est devenu un industriel, et n'a eu de cesse de trouver des solutions pour augmenter la productivité.

Étienne arrête net la calèche, et me regarde intensément ; il a bien observé que je n'avais pas dit un mot et que j'étais en pleine réflexion.

– Je t'écoute Charles, que crois-tu que nous allions voir ?
– D'après ce que tu m'as dit, je pense qu'il a trouvé un moyen d'améliorer la vitesse… des bateaux…
– … mon Dieu, Charles, tu me surprendras toujours.
– C'est bien cela ?
– Et bien, figure-toi que Sauvage a effectivement inventé quelque chose dans ce genre, il en a eu l'idée en observant la queue d'un poisson rouge.
– Les scientifiques apprennent toujours des animaux, d'ailleurs j'ai lu, il y a peu, *de motu animalium*, Mouvement des animaux, un traité d'Aristote où c'est très explicite. Mais, tu l'as déjà vu ?
– Oui le 15 janvier dernier, c'était très impressionnant ! Mais, tu parles latin maintenant ?
– Non, la traduction était écrite sur le livre, mais j'ai hâte d'apprendre cette langue et d'autres

Nous arrivons aux portes de Paris, puis nous remontons vers le nord en longeant les collines de Mesnil Montant et Belleville, sur lesquelles quelques habitations sont posées. Je n'ai eu de cesse d'imaginer à quoi pourrait ressembler la queue de poisson de Sauvage tout au long du trajet. Nous arrivons enfin à destination.

– Ouah !
– Je suis d'accord avec toi, Charles, c'est magnifique.

Devant nous, un immense bassin bordé de deux rangées de grands arbres, permettant de se promener à l'ombre ; d'ailleurs, beaucoup de badauds sont présents. Au bout du bassin, trois tours de pierre carrées, dont une centrale surmontée d'un étage circulaire.

Nous avançons vers un attroupement, des dizaines de personnes sont présentes dont de nombreux militaires ; visiblement, l'invention de Sauvage intéresse les plus hautes autorités. Au milieu du groupe, un homme très agité semble donner des explications avec de grands mouvements à un général à l'écoute. Il s'agit probablement de Sauvage. Étienne avait raison… il n'est pas si jeune que cela… une barbe blanche, de longs cheveux tout aussi blancs.

Nous nous approchons lentement, et Étienne aborde l'inventeur.

– Bonjour monsieur Sauvage, Étienne Vitré, journaliste.
– Bonjour monsieur Vitré. Vous n'allez pas regretter votre venue, vous allez pouvoir écrire un bel article.

Sauvage sort de son long manteau marron une feuille de papier qu'il tend à Étienne.

– Tenez monsieur Vitré, je vous ai fait un croquis de l'hélice, vous pourrez bien illustrer vos propos avec ceci.

Hélice ! voilà donc ce que nous sommes venus voir, un ou une hélice d'ailleurs ! Mais qu'est-ce donc ?

Sur le bord du bassin, hors de l'eau, j'aperçois une embarcation vers laquelle le groupe se rapproche. Je suis de près Étienne, je ne veux rien manquer du spectacle… il avait raison, je suis excité.

Le bateau ressemble à une grande barque, sauf que sur l'arrière est présent un drôle de mécanisme, un mélange d'acier et de bois, pas vraiment ce que je m'étais imaginé, et encore moins la forme de la queue d'un poisson.

– Voici, messieurs, la fameuse hélice…

C'est donc un nom féminin… la forme est étrange, une spirale faite de plusieurs morceaux de bois, le tout attaché au bateau par un mécanisme relié à une sorte de grosse manivelle.

Soudain, Sauvage fait un signe à un groupe d'hommes qui commencent à soulever l'embarcation et la mettre à l'eau. Un à un, ils s'installent sur le bateau, neuf hommes au total se répartissent afin d'avoir le meilleur équilibre. Ils sont tous en place et n'attendent que l'ordre de départ de l'expérience.

    – Messieurs, c'est à vous !

Lentement, ils actionnent l'énorme manivelle... le bateau commence à se déplacer... ils accélèrent le rythme et la vitesse du bateau augmente...

    – Ouah !

    – Oui Charles, je suis d'accord avec toi, ouah !

C'est impressionnant, je n'avais jamais vu quelque chose d'aussi extraordinaire, je n'imaginais pas qu'une embarcation pourrait se déplacer aussi vite sur l'eau, ce Sauvage est un génie. Je vois dans le regard d'Étienne et son large sourire que nous sommes dans la même extase.

L'expérience est un grand succès. Arrivés au bout du bassin, ils font demi-tour et reviennent vers nous pratiquement plus rapidement qu'à l'aller. Malgré l'effort, on ressent bien la fierté qu'ils ont d'accomplir cette tâche hors du commun. Afin de ne pas buter fortement contre l'embarcadère, ils sont obligés de sortir des rames pour ralentir le bateau.

À peine, les hommes commencent à débarquer que les autorités s'approchent de Sauvage avec des centaines de questions ; l'enthousiasme est de mise. Un officier s'avance près de l'inventeur et lui pose une question étrange.

    – Monsieur Sauvage, pourquoi avoir installé votre hélice à l'arrière plutôt qu'à l'avant, ne croyez-vous pas que cela aurait été plus efficace ?

Je sens monter dans le regard de Sauvage une colère intense, j'avoue ne pas avoir bien compris non plus l'intérêt de la question, je me suis remémoré la référence au poisson dont m'avait entretenu Étienne.

    – Mon général ! De la même manière que les poissons n'ont pas leur queue sur la tête !

La réponse cinglante de Sauvage a surpris tout le monde, cela génère un incident diplomatique, les militaires sont humiliés, ils n'en resteront pas là. De son côté, Sauvage n'a que faire des ces militaires de la marine loin de la mer, qui n'y connaissent rien en navigation. Cet épisode sonnera le début des ennuis pour la carrière de Sauvage qui finira ruiné et partiellement fou. Au grand désarroi d'Étienne, c'est la presse qui entretiendra les controverses et polémiques.

À certains égards, je comprends le désespoir de Sauvage, il essaie simplement de faciliter la vie des gens, et on vient lui poser des questions étranges, auxquelles il répond franchement, et cela se retourne contre lui… mon quotidien, en sorte.

Malgré cette péripétie, l'enthousiasme est le même sur le retour vers Terre-Bounnain.

- As-tu compris pourquoi le général a mal réagi à la réponse de Sauvage ?
- À ton avis, il n'aurait pas dû, Charles ?
- Mais ce n'est pas la réponse le souci, c'est la question.
- En quoi penses-tu que cette question était inappropriée ?
- J'aurai plutôt dit : stupide.
- Pourquoi stupide ?
- Mais, elle l'était non ?
- Cela dépend du point de vue de l'interrogateur.
- Je ne comprends pas.
- Si la personne qui pose la question n'a pas les connaissances nécessaires, son interrogation est légitime.
- Mais enfin Étienne, même moi je sais que les poissons avancent grâce à leur queue, c'est donc normal que l'hélice soit à l'arrière… en plus lui il est militaire dans la marine…
- Tu as raison sur ce point et c'est en cela que je comprends la colère de Frédéric Sauvage. Mais il faut que tu saisisses aussi que

tout le monde n'a pas la même facilité de raisonnement que la tienne.

- Tu veux dire que je ne suis pas normal...
- ... pas du tout Charles, bien au contraire.
- De nouveau, je ne comprends pas.
- Tu as juste des capacités que beaucoup de gens n'ont pas encore acquises ou n'acquerront peut-être jamais ; la possibilité de raisonner, la capacité de relier entre elles des idées, des pensées.
- Et ce n'est pas le cas pour tout le monde ? C'est à cause de l'absence de l'empreinte de l'ange ?
- Grâce Charles... grâce à l'absence de l'empreinte de l'ange. Alors, continue à raisonner, à te questionner, sans trop te préoccuper du regard des autres.

De retour à la maison, je m'empresse de relater ma journée à mes parents, l'extraordinaire expérience à laquelle j'ai eu la chance de participer.

- Je suis heureux que cela t'ait plus mon fils, mais ce ne sont que des hommes qui ont tourné une énorme manivelle au lieu de ramer...
- ... oui, mais ils allaient beaucoup plus vite.
- Je vois, je vois, mais je ne suis pas sûr que nous pourrons un jour adapter cette fameuse hélice à un grand voilier.

La réaction de mon père m'a surpris, je crois qu'Étienne avait raison, les gens ne se posent pas les bonnes questions et mes parents semblent ne pas déroger à la règle. Je m'empresse donc d'aller mettre quelques lignes dans mon carnet bleu.

Le samedi 4 février 1832, l'hélice de Sauvage.

Cette journée avec Étienne Vitré fut des plus instructives, j'ai pu assister à la démonstration de l'hélice de Frédéric Sauvage sur le bassin de la Villette.

Mais cela ne s'est pas déroulé exactement comme prévu : les généraux de la marine ne savent pas que les poissons se déplacent grâce à leur queue.

J'ai compris aujourd'hui que mes interrogations et mon raisonnement sont normaux, je suis donc normal, enfin… aux yeux des autres pas vraiment.

CHAPITRE 14 : DISPARAÎTRE

Printemps 1832

Ce début de printemps de l'année de mes 12 ans restera à jamais le pire de toute mon existence. Je suis en pleine lecture d'un article dans le Journal des débats dans lequel mon ami Étienne à l'habitude d'écrire.

FRANCE.

PARIS, 28 MARS.

Un courrier de Vienne a apporté aujourd'hui à M. le comte d'Appony la ratification autrichienne du traité du 15 novembre, avec l'ordre de l'échanger à Londres aussitôt que le plénipotentiaire de Prusse aura reçu de sa cour la même autorisation.

Tout nous porte à croire que la ratification de l'Autriche trouvera à Londres celle de Prusse.

Tandis que cette heureuse nouvelle de paix et de bon accord avec une des grandes puissances de l'Europe se répandait à Paris, une autre nouvelle affligeait les habitans de la captiale.

– Mon Dieu, ce doit être réellement tragique ! Ils ont oublié le t d'habitants et mis le i de capitale au mauvais endroit.

Ce matin, le bruit s'était répandu que le choléra morbus était arrivé dans nos murs, et ce bruit n'a été que trop confirmé par des rapports authentiques.

Hier, en effet, un homme est mort dans la rue Mazarine. Les médecins les plus distingués s'étaient rendus chez lui. Quelques heures après sa mort, ils ont procédé à l'autopsie, et ils ont reconnu tous les symptômes du choléra morbus asiatique.

Aujourd'hui, neuf personnes ont été portées à l'Hôtel-Dieu ; sur les neuf, quatre ont succombé avant six heures du soir. Leurs cadavres ont été ouverts immédiatement, et l'on en a encore reconnu les signes principaux de cette cruelle maladie, c'est-à-dire la suspension de la circulation du sang, et l'état soudain de cadavérisation.

Je m'empresse d'aller voir dans le dictionnaire de mon père différents mots dont je ne comprends pas totalement la signification à commencer par choléra morbus : « *Malaise général, abattement des forces physiques et morales, insomnies, nausées, urines épaisses, rares, rouges, diarrhée, déjections alvines, sang veineux noir, yeux caves, matières pulvérulentes grisâtres sur les cils, les paupières, les ailes du nez, cessation du pouls...* »

– Mon Dieu, mais c'est une horreur ! Et quatre sont déjà morts sur les neuf, pratiquement la moitié, c'est horrible !

Durant toute cette période d'épidémie, mon obsession des nombres m'incitera à noter scrupuleusement dans mon carnet bleu le décompte macabre des victimes se trouvant dans le journal.

Bulletin officiel des malades du choléra depuis le 31 mars à quatre heures du soir jusqu'au 1ᵉʳ avril, même heure.

Malades 201

Hommes 128

Femmes 75

Morts 67

Hommes 46

Femmes 21

Total général des malades depuis l'invasion de la maladie 483

Total des morts 167

Casimir Périers[27] instaurera de nombreuses restrictions sanitaires pour faire face à la maladie ; les rues de Paris seront nettoyées au chlore. Mais cela sera-t-il suffisant ? Je m'inquiète énormément pour Étienne qui doit travailler dans des conditions dangereuses…

C'est la première fois que je suis confronté à la mort, et la potentialité de perdre un ami. Une multitude de questions me traversent l'esprit, d'autant que les symptômes me dégoûtent : « *Vomissements, diarrhées aiguës, déshydratation…* », pour les plus robustes, la cyanose de la peau devient telle qu'on nous parle de « *peur bleue* ».

Le jeudi 5 avril 1832, Champollion n'est plus.

Aujourd'hui, j'ai appris que Jean-François Champollion avait succombé au choléra depuis le 3 mars dernier, il fut probablement l'une des premières victimes françaises de cette terrible maladie.

---

[27] Président du Conseil des ministres français et ministre de l'Intérieur jusqu'au 27 avril 1832

Bilan du 4 avril 1832
Malades : 328 (Total : 1381)
Morts : 106 (Total 501)

Que deviennent ces morts par la suite ? Nous souviendrons-nous de chacun d'entre eux ? Tout le monde n'est pas connu comme monsieur Champollion.

Plus les jours avancent, moins je suis optimiste sur la fin de cette épidémie, les chiffres sont de plus en plus catastrophiques, un pic est atteint le 10 avril avec 848 morts à Paris… Toujours les mêmes questions me viennent à l'esprit ; quels souvenirs garderons-nous de tous ces morts ? Où leur esprit s'en va ?

Mais la vraie question qui commence à hanter mes nuits : La mort n'est-elle pas la solution pour disparaître d'un monde qui ne semble pas être le nôtre ?

Le mercredi 11 avril 1832, disparaître.

À partir d'aujourd'hui, je ne tiendrais plus le bilan des morts du choléra, c'est inutile, il n'y a aucun nom derrière ces chiffres.

Ma décision est prise, je dois devenir l'un de ces nombres et disparaître de ce monde qui n'est pas le mien. Dès demain, je vais rechercher s'il y a quelqu'un de Terre-Bounnain atteint de cette maladie et l'approcher pour à mon tour attraper le choléra, la peur bleue.

J'espère qu'il ne s'agira pas d'Étienne.

Durant les semaines qui suivirent mes espoirs furent vains, personne ne tomba malade à Terre-Bounnain, même le père Lefure qui poursuivait ses aller-retour sur la capitale... l'alcool serait-il un remède contre cette affection ?

Je ne me confis jamais à personne sur mes intentions, pas même à Étienne et c'est lentement que ces pensées macabres disparurent. Le premier déclic intervint le 17 mai lorsque je découvris que Casimir Périers succomba au choléra.

FRANCE.

PARIS, 16 MAI.

La France vient de perdre l'homme en qui elle avait mis une si grande et si juste confiance.

Ce matin, à huit heures, M. Casimir Périer n'existait plus.

Cette douloureuse nouvelle, à laquelle il semble qu'une maladie presque sans espoir depuis longtemps aurait dû préparer les esprits, n'en a pas moins consterné et saisi tout le monde. Tant que M. Casimir Périer vivait encore, la confiance immense qu'il avait su inspirer s'attachait obstinément à son nom. On avait peine à croire que cette main puissante nous manquerait tout à coup, que ce cœur si noble et si dévoué à la France allait cesser de battre. Tout languissant qu'il fût, vaincu par la maladie, incapable de se mêler d'affaires, M. Casimir Périer, par son nom seul, et par ce reste d'espoir que le pays conservait de le voir reparaître à la tête de l'administration, exerçait sur nos destinées une influence que la mort seule a pu lui arracher tout entière ! C'est aujourd'hui seulement que nous, amis ou ennemis ont bien senti le vide affreux que la perte d'un pareil homme laisse dans notre pays !...

Ce magnifique texte raisonna en moi durant de longues journées ; non, les morts ne sont pas des nombres qui partent dans l'oubli... Deux semaines plus tard, c'est le général Lamarque qui succombera à cette terrible maladie, le même genre d'éloge lui fut consacré.

Le samedi 2 juin 1832, l'espoir.

La peur bleue a emporté coup sur coup Casimir Périer et le général Lamarque, deux grands hommes qui auront marqué l'histoire de notre pays. Je prends conscience aujourd'hui que l'important est ce que nous réalisons pendant notre vie sur Terre. Nous devons vivre dans le dessein d'accomplir de belles choses, de laisser une trace pour ceux qui nous survivront.

Une nouvelle quête s'offre à moi, comment vivre et accomplir ces belles choses lorsque notre esprit nous empêche de vivre en cohésion avec les autres ?

La France vivra dans le cauchemar du choléra jusqu'au mois de septembre où l'épidémie prendra fin. L'espoir renaissant, ma mère me laisse l'accompagner, plus souvent que durant cette funeste période, chez les Vitré.

– Bonjour Marie, bonjour Charles. Avez-vous vu la bonne nouvelle dans les journaux ?
– Oui, quelle joie, nous allons enfin pouvoir reprendre une vie normale, vous devez être soulagé avec vos séjours réguliers sur la capitale ?
– Je vous avoue que j'ai eu très souvent peur. Et toi, Charles, que penses-tu de tout ceci ?
– Cette maladie n'a pas fait de distinction entre les riches, les pauvres, les célébrités, les inconnus.
– Tu as raison, il semblerait toutefois que les femmes étaient moins sensibles à cette peur bleue.

– Nous donnons la vie, monsieur Étienne, c'est là notre secret.

– Je pense que vous avez raison, Marie, les femmes sont plus fortes que les hommes contrairement à ce que la bienséance voudrait nous le faire croire.

Le visage de ma mère prit une teinte pourpre, c'est la première fois qu'un autre homme que mon père lui faisait un compliment.

– Vois-tu une autre raison pour expliquer cela, Charles, je te vois bien songeur ?

– En réalité, je suis d'accord avec toi, mais je pense aussi que les femmes sont plus propres que les hommes, elles sont plus soucieuses de l'hygiène, les hommes ne font pas souvent le ménage, ils ne connaissent pas l'importance de la propreté.

Ma mère acquiesce ce que je viens de dire par un petit sourire.

– Je crois que ce que tu dis est très vrai Charles, il semblerait que les eaux usées soient l'un des plus grands vecteurs de la maladie.

– Eh bien, qu'ils trouvent un moyen de gérer ces eaux pleines d'affections[28].

– Espérons le Charles, espérons-le.

C'est probablement ce que m'aura appris cette terrible année 1832, il faut nettoyer notre esprit des mauvaises pensées et éviter une autre maladie : la peur de la vie.

---

[28] Ce fut réalisé 20 ans plus tard par le Baron Haussmann qui souhaitait instaurer une politique facilitant l'écoulement des flux, aussi bien de population, de marchandises que d'air et d'eau, convaincu par les théories hygiénistes héritées des Lumières et qui se sont diffusées à la suite de l'épidémie de choléra de 1832. Cette campagne fut intitulée « Paris embellie, Paris agrandie, Paris assainie ».

CHAPITRE 15 : CAMOUFLAGE

Printemps 1834

Ce début avril est pluvieux et gris, un peu comme l'humeur d'Étienne. Nos rencontres sont devenues un rituel, je profite de la venue de ma mère le samedi après-midi pour l'accompagner, non plus pour l'aider, mais pour faire le point sur l'actualité de la semaine avec Étienne. Je sens bien qu'il paraît troublé ce matin.

– Étienne ? Tout va bien ?

– Euh... oui, Charles ne t'inquiète pas.

– Je ressens bien que quelque chose te tracasse.

– C'est vrai qu'on ne peut rien te cacher mon jeune ami.

J'apprécie beaucoup lorsqu'Étienne me considère comme son ami, à part Gabriel, je ne m'en connais pas d'autre.

– Figure-toi que le gouvernement est sur le point de voter des lois liberticides.

– De quel genre ?

– Elles vont empêcher en particulier des associations politiques ou toutes associations qu'il estimerait l'être de se rassembler.

– C'est effectivement très ennuyeux, mais pourquoi cela à l'air de te perturber à ce point ?

– Parce que c'est grave Charles !

– Hum… oui…

– Très bien, très bien. Certaines associations sont plus visées que d'autres.

– Lesquelles ?

– Nous sommes d'accord que tu ne me laisseras pas tranquille si je ne te donne pas plus de précisions ?

Je lui réponds par un large sourire.

– Figure-toi Charles, qu'ils se trouvent que certaines associations très discrètes sont probablement la cible du gouvernement. Ces associations existent maintenant depuis plus d'un siècle et dérangent beaucoup les dirigeants en place.

– Pour quelle raison ?

– Ces sociétés dites « secrètes » se réunissent entre des hommes de divers milieux, leur vocation est de réfléchir à l'amélioration de l'homme dans notre société.

– Ceci m'a l'air tout à fait louable, alors pourquoi se cacher ?

– S'il y a bien quelqu'un qui devrait le comprendre, c'est bien toi Charles ; ils ne souhaitent pas forcément rester discrets, mais ils apparaissent étranges aux vues des autres personnes et visiblement ressentis comme une menace par nos élites.

– Mais s'ils sont si discrets, comme peuvent-ils savoir qu'ils ont les mêmes idées ?

– C'est une bonne question mon jeune ami, ils ont élaboré plusieurs stratégies pour être capable de se reconnaître, des sortes de codes, de gestes. Et puis leur attitude, leur façon de se comporter, ils réussissent à se reconnaître tout en passant inaperçus.

– Et comment sais-tu cela ? Tu connais leurs secrets ?

Étienne me regarde intensément, me sourit à son tour et ne me répond pas.

Je perçois dans cette petite discussion une solution à mon problème de n'être pas reconnu pour ce que je suis ; se camoufler, en montrant un autre visage que le mien... Mon mutisme commence à perturber Étienne.

–   Charles ?
–   Crois-tu que je pourrais faire partie de ces hommes ?
–   Ah, ah, ah ! mon petit Charles ! Je pense qu'il est un peu tôt pour répondre à ta question. Mais qui sait, peut-être qu'un jour, ce sera le moment.
–   Mais toi, Étienne, connais-tu des hommes de cette société secrète ? Ou peut-être en fais-tu partie ?
–   Je préfère ne pas répondre Charles.

C'est précisément à partir de ce jour que je pris la décision de devenir quelqu'un d'autre, comme un caméléon qui se fond dans son environnement pour ne pas être vu. Je ferai le maximum d'effort en public pour me comporter comme les autres, quitte à me rabaisser et continuer en secret à assouvir ma soif de recherches et d'écrits dans mes carnets.

Le mercredi 2 avril 1834, camouflage.

J'ai découvert aujourd'hui qu'Étienne avait probablement une vie secrète qu'il n'a pas voulu me dévoiler, je ne désespère pas...

J'ai donc décidé de commencer à coucher dans ce carnet mes idées, mes recherches grâce à un personnage fictif qui vivra mes aventures et énigmes que je ne peux montrer en public.

Mais la première interrogation : comment vais-je appeler ce personnage ?

Le lendemain, Étienne a fait ses bagages et part pour un voyage sur la ville de Lyon. Lorsque je lui ai demandé la raison de ce départ, il m'a juste concédé qu'il devait participer à une manifestation.

    – Mais Étienne, tu es journaliste à Paris. Pourquoi aller à Lyon ?

    – Je crois que tu connais la réponse Charles.

Il avait raison, mais je ne le compris réellement que quelques années plus tard. Finalement, il ne put réaliser ce voyage, son épouse Élisabeth, et son directeur le convainquirent de rester.

L'actualité le rattrapa aussi, car le vote de ces fameuses lois liberticides eut lieu le 10 avril, et dès le 13 avril des émeutes éclatèrent à Paris. Comme à chaque événement important, Étienne était sur place. Malheureusement le lendemain, Adolphe Thiers [29], le ministre de l'Intérieur, lança des soldats dans un immeuble rue Transnonain… le bilan fut tragique… 12 morts et de nombreux blessés… Étrangement, Étienne se trouvait sur place et fut arrêté, mais libéré rapidement, car présent en tant que journaliste. J'avoue ne jamais avoir trop cru à cette version, j'en eus un indice le lendemain après-midi.

Alors que je rentre de l'école, j'ai pris l'habitude de passer voir Étienne pour discuter lorsqu'un sujet brûlant le favorise. En approchant

---

[29] Adolphe Thiers, né le 15 avril 1797 à Marseille et mort le 3 septembre 1877 à Saint-Germain-en-Laye, est un avocat, journaliste, historien et homme d'État français. Il fut notamment ministre de l'Intérieur de 1832 à 1836 et président de la République du 31 août 1871 au 24 mai 1873.

de la demeure des Vitré, j'aperçois deux hommes dans un magnifique costume bleu et rouge.

– Gendarmerie nationale, êtes-vous Étienne Milo Vitré ?

– C'est moi, que puis-je pour vous messieurs ?

Même si le moment paraît des plus sérieux, je ne peux m'empêcher de rire intérieurement de la situation ; Étienne s'appelle en réalité Étienne Milo…

– Voici une convocation à comparaître en tant que témoin à la suite des événements survenus le 14 avril, rue Transnonain à Paris.

– Très bien, merci messieurs.

Pendant que les gendarmes s'éloignent, je m'approche d'Étienne avec un large sourire.

– Comme cela, tu t'appelles Milo ?

– Je vois qu'au moins toi, tu gardes le moral Charles.

– Je sais que ta journée d'hier n'a pas été facile et que tu devais probablement connaître certaines des victimes… mais c'est tout de même étrange ce prénom de Milo.

Étienne parut surpris que j'imagine qu'il connaisse personnellement des victimes.

– Euh… oui… euh… effectivement Charles… mais… pour ce prénom que tu trouves si drôle, sache qu'il vient de mon grand-père qui était né en Italie.

– D'accord… mais excuse-moi d'avoir ri, je sais que tu es très perturbé en ce moment…

– … non, non Charles, ne t'excuse pas. Cela me fait du bien de rire un peu.

Le mardi 15 avril 1834, Milow.

Les événements des derniers jours me confortent dans l'idée d'une vie secrète d'Étienne, d'autant que je découvre que son deuxième prénom est Milo.

Voici donc comment mon personnage se nommera : Milow, j'y ajouterai dès lors ce W pour le distinguer d'Étienne.

Tous les faits qui se déroulèrent durant ce printemps 1834 me confortèrent dans l'idée que je devais, moi aussi, rester le plus discret possible sur ma vraie personnalité, afin d'éviter le jugement, comme je peux le vivre depuis le début de mon enfance.

Souvent, j'imagine que si je n'avais pas eu ces deux dents à ma naissance, une empreinte de l'ange, j'aurais été comme tous les autres enfants…

CHAPITRE 16 : TRANSFORMATION

Mai 1835

J'ai beaucoup changé depuis ma décision de devenir un caméléon, une personne comme les autres ; j'ai beaucoup grandi ; des marques de maturité commencent à paraître ; j'en ai profité pour me laisser pousser une petite moustache dont le principal intérêt est de cacher l'absence de l'empreinte de l'ange. Mon personnage de fiction Milow a grandi lui aussi, il a démarré ses premières aventures, je l'ai voulu espiègle, malin et surtout très intelligent. J'ai maintenant deux carnets, l'un pour mes pensées quotidiennes, l'autre pour mon petit aventurier.

Cette fin d'après-midi de printemps, j'ai décidé d'aller me promener le long des berges de la Seine. Au loin, j'aperçois un groupe de personnes visiblement attirées par quelque chose dans le fleuve. Je m'approche discrètement à l'ombre des saules qui bordent l'eau. Là se trouvent quelques adolescents, dont deux jeunes filles, c'est la première chose qui me parut étrange, car le secteur est connu pour accueillir les amoureux, mais ils sont assez loin de la promenade habituelle.

Effectivement en m'approchant de plus près, je m'aperçois qu'ils haranguent d'autres personnes sur la Seine. Seconde surprise, là sur l'eau, de drôles d'embarcations, à peine plus grandes qu'une barque et ne pouvant contenir qu'un seul passager. Les deux pilotes des petites barques semblent se livrer bataille, en faisant des aller-retour entre chacune des rives, et leurs camarades au bord du fleuve les encourageant chacun à leur tour pendant ce terrible effort.

Je me souviens avoir lu, il y a quelques années, en 1828 pour être précis qu'une confrontation de ce genre avait eu lieu entre deux écoles prestigieuses de la Grande-Bretagne : Oxford et Cambridge. La différence est que de l'autre côté de la Manche, ils étaient 8 rameurs par embarcations et qu'ils s'affrontaient sur une distance de 6 km... cette obsession des chiffres me fait retenir tous ces petits détails...

Quoi qu'il en soit, les deux garçons ne ménagent pas leurs efforts, ils auraient fait sensation avec l'hélice du pauvre Sauvage. Ils parviennent enfin de notre côté, le vainqueur est acclamé par tous et félicité par son adversaire ; je trouve qu'il y a beaucoup d'élégance dans ce geste. Toujours aussi curieux, je m'approche du groupe pour mieux observer les embarcations. Je reconnais l'une des personnes, le plus âgé du groupe, il s'agit du garde champêtre de Terre-Bounnain, Ange Lairitau, un homme très grand et ayant l'air toujours sévère ; la hantise des jeunes du village qui chapardent quelques fruits dans le verger communal. Il se retourne vers moi.

– Tiens donc, le jeune Pagiaut ! Approche, nous n'allons pas te manger !
– Bonjour monsieur Lairitau.

Chacun vient me saluer, même les jeunes filles, je suis troublé...

Une ambiance très fraternelle semble régner au milieu de ce petit groupe. Ange Lairitau paraît y être pour beaucoup, son air sévère cache un homme juste et droit. Je comprendrai plus tard qu'il est en réalité ce que nous appelons un entraîneur, un mot inventé justement en 1828 probablement pour désigner la personne qui permettait aux élèves d'Oxford et Cambridge de bien ramer.

- Alors Charles, as-tu déjà canoté ?
- Canoté ?
- Ah, ah ! Oui, canoté, c'est comme cela que nous disons pour ramer avec ce type d'embarcation.
- Et bien, mon grand-père possède une barque un peu plus grande que la vôtre, et souvent il me demande de ramer le plus vite possible pour rattraper des bancs de poissons.
- Oh ! Je vois. Crois-tu être capable de battre notre champion ici présent ?
- Je ne sais pas.
- Je te propose d'essayer, en vous confrontant sur un aller-retour entre chaque rive.

J'ai vu une occasion dans cette confrontation physique et non intellectuelle, celle d'être reconnu pour la première fois comme n'importe quel adolescent.

- J'accepte !
- À la bonne heure !

Ange Lairitau sort de sa poche une montre munie d'un chronomètre[30], je n'en avais jamais vu jusqu'à présent.

- Louis approche, nous allons expliquer à Charles comment va se dérouler la course.

Le jeune homme qui vient à nous est le vainqueur de la confrontation précédente. Les manches rabattues de sa chemise font apparaître des muscles saillants et impressionnants… je n'en mène pas large… Louis me tend la main.

- Enchanté Charles, moi c'est Louis.
- Enchanté Louis…

---

[30] En 1735, l'horloger anglais John Harrison trouve une solution pour son invention du chronomètre : il ajoute des ressorts dans le mécanisme. On est encore loin du chronomètre de poche. Il faut attendre 1759 pour que Harrison crée une version miniature, une montre de treize centimètres de diamètre.

Il a dû ressentir en me serrant la main, une anxiété certaine. Il s'approche de moi et tente de me rassurer en me murmurant quelques mots à l'oreille.

– Ne t'inquiète pas, il n'y a pas d'enjeu. Amuse-toi.

Nous nous installons chacun dans une embarcation. Effectivement, elle est plus petite et plus légère que celle de grand-père René.

– Messieurs, êtes-vous prêts ?

Nous acquiesçons par un hochement de tête. Ange Lairitau baisse alors le petit drapeau qu'il avait en main tout en déclenchant son chronomètre. Les premiers coups de rames sont à l'avantage de Louis qui prend rapidement quelques longueurs d'avance. J'entends des clameurs provenant de la rive, étrangement nos deux noms sont criés tour à tour.

– Allez Louis ! Allez Charles !

Près de la rive opposée, Louis possède dix mètres d'avance, mais j'anticipe mieux mon virage et alors que nous entamons le retour, ma manœuvre m'a permis de remonter deux mètres…

– Allez Louis ! Allez Charles !

Ces encouragements semblent porter leurs fruits, j'ai des sensations étranges dans mon corps ; un plaisir dans l'effort. Peu à peu, je me rapproche de la barque de Louis, il paraît souffrir plus que moi. À la moitié du retour, je me retrouve pratiquement à sa hauteur. Une nouvelle impression s'empare de moi ; la perspective de gagner. Dans une lutte complémentaire, je dépasse Louis qui semble surpris. Lentement, j'accentue mon avance et finalement, arrive le premier.

Tout le monde semble étonné, moi le premier. Louis arrive quelques secondes plus tard et son premier geste sera de me féliciter. De cette journée naîtra une forte amitié et émulation commune nous permettant de nous surpasser mutuellement.

Mais la première chose qui me préoccupera, ce ne sera pas ma victoire, mais le temps que j'avais réalisé.

– Félicitation Charles !

– Quel temps ai-je fait ?

- 4 minutes et 28 secondes.
- Et c'est bien ?
- Mais Charles, tu viens de battre Louis, notre champion.
- Oui, mais ce n'était pas équitable, il venait de faire une course juste avant, il était donc très fatigué.
- Voici une belle parole Charles, souhaiterais-tu rejoindre notre groupe ?
- Que voulez-vous dire ?
- Nous nous réunissons tous les mardis en fin d'après-midi pour canoter. Souhaiterais-tu venir canoter avec nous régulièrement ?

Tous les regards se tournent vers moi, et un à un, Louis le premier me demande de répondre oui.

- Dans ce cas, j'accepte.
- Vive Charles !

Depuis ce jour je me suis trouvé une passion pour l'effort ludique, et pris conscience d'être un privilégié contrairement à mes camarades de classe qui doivent faire les travaux des champs pendant que je m'amuse. Je devins rapidement l'un de meilleur dans cette discipline novatrice, parmi les précurseurs de ce qui deviendra 18 ans plus tard la Société des Renégates Parisiennes[31].

Dorénavant, je noterai tous mes meilleurs temps sur mon carnet bleu ; les chiffres… toujours les chiffres…

Le mardi 5 mai 1835, Transformation.

C'est un jour heureux, je viens de découvrir une nouvelle activité qui me permet de me fondre dans la masse. Je me suis également fait de

---

[31] Elle organisera la première édition du championnat de la Seine en Skiff, remportée en 1853 par un certain Frédéric Lowe.

nouveaux camarades, notamment Louis Méléan. Mon premier temps chronométré en 4 minutes et 28 secondes sur 300 mètres.

Mais aujourd'hui, c'est en particulier pour mon autre ami Étienne que mes pensées vont, ce 5 mai débutait à la Chambre des Pairs[32], le procès intenté aux insurgés de Lyon et de Paris d'avril 1834. Il y était présent comme témoin et journaliste, mais je sais que certains de ses amis devaient également être présents comme accusés.

Pendant ce temps, je poursuis l'écriture des aventures de mon jeune personnage Milow, qui contrairement à moi ne vieillira pas et ne fera pas d'effort ludique, mais continuera à être cet enfant différent des autres…

---

[32] La Chambre des pairs fût en France la chambre haute du Parlement pendant les deux Restaurations, les Cent-Jours et sous la Monarchie de Juillet.

CHAPITRE 17 : PRÉLUDE

Été 1837

Cette année fut un nouveau déclic dans ma vie, comme celle de 1832 et la terrible épidémie de choléra. Au mois de janvier, une énorme vague de grippe emporta un grand nombre de nos concitoyens jusqu'à Terre-Bounnain où le père Lefure fut la première victime ; visiblement, l'alcool ne fonctionne qu'avec le choléra. D'autres, plus proches, périrent aussi, la mère de papa qui était alitée depuis de nombreuses années. Mon père eut beaucoup de mal à s'en remettre, il n'a plus ses parents contrairement à maman, la grippe n'ayant pas atteint le village de grand-père René et grand-mère Jeanne. Est-ce un message de Dieu pour nous rappeler à quel point la vie est importante ?

Cela fait maintenant deux ans que ma transformation a débuté, ma moustache s'est étoffée, et mon corps a également changé ; l'activité physique que je pratique régulièrement a façonné une nouvelle enveloppe. Le canotage m'a permis de devenir ce que je souhaitais, à ceci près que l'émulation avec mon ami Louis nous a apporté une notoriété auprès des jeunes filles du village et de ses environs. Je m'aperçois que les muscles saillants d'un corps sont plus reconnus que les capacités intellectuelles chez les jeunes gens. Le corps et l'esprit seraient-ils inconciliables ?

Le samedi 15 juillet 1837, Démonstration.

Nous avons profité de l'anniversaire des 48 ans de la prise de la Bastille pour organiser une démonstration de canotage sur la Seine. Louis et moi-même nous sommes relayés sur 48 aller-retour afin d'établir le meilleur temps possible.

14,5 km en 3 heures 32 minutes et 54 secondes !

Nous avons également appris le même jour que nous pourrions dorénavant utiliser le mètre comme mesure officielle ; une loi du 4 juillet dernier a été votée en ce sens.

Quelques jours plus tard, j'annonçais à mes parents que je poursuivais mes études afin de tenter d'avoir mon baccalauréat institué par Napoléon en 1808.

- Crois-tu que cela soit nécessaire ?
- Que racontes-tu, Marie, bien sûr qu'il doit essayer d'obtenir ce diplôme.
- Ce n'est pas ce que je veux dire, mais avec la force physique qu'il a acquise, il pourrait devenir un excellent soldat et peut-être un futur sergent…
- … Marie, Marie, tu sais que notre fils a les capacités intellectuelles pour aller beaucoup plus loin, tu ferais mieux de l'encourager dans cette voie.

- Et pourquoi veux-tu absolument avoir ton baccalauréat, Charles ?
- Parce que je m'en sens capable.
- Et ton canotage ?
- Cela ne va pas m'empêcher de poursuivre aussi cette activité.
- À la bonne heure.
- Charles, ne crois-tu pas que tu ferais mieux de te concentrer sur une seule chose à la fois ?
- Papa, je t'assure que je le peux.
- Là, je ne te comprends plus Jean ! Je croyais que notre fils était le plus intelligent ?

J'ai malheureusement ressenti dans cette intervention de ma mère la vieille rengaine sur l'intelligence et l'instruction… Probablement qu'avec ma conquête de la *normalité*, maman avait fondé l'espoir d'avoir un fils comme les autres. Mais pour une fois, mon père prit le dessus, et je pus poursuivre mes études et le canotage.

Les changements de mon corps ne furent pas qu'externes, mais également internes, avec ces étranges sensations que je ressens en présence du sexe opposé. Les jeunes femmes s'intéressent à moi, mais j'avoue que pour le moment ce n'est pas totalement réciproque, certes je perçois des choses troublantes en moi, mais cela ne dure qu'un instant. Pourtant certaines femmes commencent à me bouleverser plus que d'autres…

Tout débuta le jour où Étienne me proposa de l'accompagner à Paris pour aller voir Élisabeth, son épouse, en représentation. C'est la première fois que j'allais assister à un concert. Le récital eut lieu à l'opéra Le Peletier[33], une centaine de personnes participèrent au spectacle. Sur scène se trouvaient 25 musiciens, mais seule Élisabeth n'eut d'importance à mes yeux. Sa beauté dépasse de loin celle des autres femmes… et lorsqu'elle joue de la musique… ces rubans de toutes les couleurs… ces nombres qui glissent dessus… c'est magique… elle est magnifique… Je me ressaisis, je ne peux pas tomber amoureux d'Élisabeth, elle est l'épouse de mon meilleur ami, elle est à 20 ans de plus que moi… non, je dois pouvoir maîtriser mes passions…

Heureusement, je vais réussir à oublier Élisabeth sans pour autant maîtriser mes passions. Cet exploit débutera lors de la rentrée en école supérieure.

Je dois me rendre chaque jour de la semaine dans la grande ville de Melun, c'est une nouveauté pour moi, je vais faire connaissance avec de nombreuses autres jeunes hommes et jeunes femmes. Une en particulier fera battre mon cœur plus vite qu'à l'habitude… Rose.

Elle avance lentement dans ma direction, ses cheveux de paille sont en harmonie avec ses grands yeux bleus. Elle porte une longue robe qui met en valeur ses magnifiques courbes. Je suis totalement guidé par mon corps, mon esprit semble ailleurs. Je suis incapable de lui dire quoi que ce soit, tout ce que je vais apprendre ce jour là, c'est qu'elle demeure dans un village situé entre Terre-Bounnain et Melun.

[33] Il était situé au 12 de la rue Le Peletier, dans l'actuel 9e arrondissement, près du boulevard des Italiens et à proximité de l'actuel hôtel Drouot. Il fut détruit par un incendie dans la nuit du 28 au 29 octobre 1873.

Il me faudra un mois pour être capable de lui adresser d'autres mots que *bonjour* ou *au revoir*.

- – Rose.
- – Oui Charles ?
- – Je voudrais t'inviter à une démonstration de canotage que je vais faire avec des amis demain sur les bords de Seine à Melun.
- – Ah oui, j'ai entendu parler de cette pratique, tu es un adepte de cette discipline ?
- – Euh… Oui…

Une couleur pourpre envahit mon visage, mon cœur bat de plus en plus vite… Rose me prend alors la main.

- – Ce sera avec grand plaisir Charles.

Il s'agira probablement du plus beau jour de ma vie, mais également le plus étrange, celui où mon corps a dominé mon esprit.

Le vendredi 13 octobre 1837, Bonheur.

Je crois que ma transformation est totale, mon corps vient de décider à la place de mon esprit : je suis amoureux de Rose.

Mon personnage Milow ne tombera jamais amoureux, c'est trop dangereux en tout cas pour lui, pour moi j'y vois plus une armée d'anges heureux…

Dès demain, j'avouerai mon amour à Rose.

Je ne sais pas si ce vendredi 13 m'aura porté chance, mais rapidement je compris que cette attirance était réciproque. Depuis nous ne nous sommes plus quittés et l'année suivante nous avons officialisé cet amour par nos fiançailles.

CHAPITRE 18 : RECONQUÊTE

Automne 1841

J'ai terminé mes études en obtenant en 1838 mon baccalauréat es-lettre, et en 1839 celui ès sciences, mais mon goût pour l'apprentissage m'a amené à recevoir également mon baccalauréat en droit cet été 1841 avec une nouveauté intervenue l'année dernière ; une mention très bien.

Fort de ces diplômes, ma mère m'encouragea à entrer à Saint-Cyr, cette exceptionnelle école spéciale militaire, d'autant que la promotion de cette année est tout à fait différente ; une importante demande de renfort d'élèves officiers fut réclamée par le général Bugeaud[34], et ainsi mes chances d'y entrer plus conséquentes.

---

[34] Cette promotion accueillera 23 811 élèves officiers et portera le nom de « Promotion de la Nécessité ».

Mais ce n'est pas la voie que je souhaitais suivre, au grand dam de maman. J'ai toute ma vie eu une soif d'apprendre, il était donc temps, à mon tour, d'être le transmetteur du savoir ; je suis devenu instituteur.

J'ai, pour cette nouvelle rentrée, remplacé l'ancien maître d'école de Terre-Bounnain, de son côté Rose réussit pareillement à devenir institutrice à Melun. Son grand regret était que les femmes n'ont pas le droit de passer leur baccalauréat à cette époque, ce ne fut le cas qu'en 1861[35] ; elle le passera avec brio en 1862 et l'obtiendra avec une mention bien…

Cette année 1841 est également particulière pour moi, j'ai 21 ans. Ce qui a pour conséquence que je suis potentiellement mobilisable par l'armée. Les choses ont beaucoup évolué sur le sujet depuis la loi Gouvion-Saint-Cyr de 1818[36], le recrutement militaire se fait désormais par le volontariat et par tirage au sort… mais heureusement, ce ne fut pas le cas, toujours au grand dam de maman…

– Charles.
– Oui Rose.
– Je peux te le dire maintenant, je n'aurai pas supporté que tu doives partir pour l'armée française.

---

[35] Le 17 août 1861, Julie-Victoire Daubié, âgée de 37 ans, est la première femme en France à obtenir le baccalauréat en totalisant six boules rouges, trois boules blanches et une boule noire. Ce système de boules était le moyen de vote des professeurs examinateurs.

[36] Loi française du 10 mars 1818 ayant trait à l'organisation du recrutement dans l'armée, instaurée par Laurent de Gouvion-Saint-Cyr, ministre-secrétaire d'État de la Guerre, elle réaffirme le principe révolutionnaire de conscription qui avait été aboli par la Charte de 1814. Il s'agit donc d'une loi égalitaire, bien qu'il soit possible de payer pour « *racheter* » un remplaçant. Par ailleurs, les nobles n'entrent plus directement en tant qu'officiers.

- J'en suis très heureux, mais surtout n'en dire rien à ma mère, elle risquerait de te le reprocher.
- Non Charles, je suis sérieuse. Je tiens trop à toi pour te savoir éloigné et absent pendant d'interminables mois.

Je la serre très fort dans mes bras pour la rassurer et la remercier de son affection. Nous sommes fiancés depuis trois ans, et je suis certain d'avoir découvert mon âme sœur, je peux enfin me comporter normalement, comme je le fais avec mon ami Étienne. Nous avons trouvé notre rythme et filons le parfait amour…

Le point d'orgue de notre relation commença un matin sur la discussion d'une loi de mars dernier dans laquelle le père de Rose était impliqué.

- Nous savions que cette loi sur le travail des enfants serait difficile à appliquer.
- Charles, te rends-tu compte de ce qui est demandé à mon père ?
- Oui, de dénoncer des patrons qui ne respectent pas la règle.
- Mais il risque son emploi !
- Fais confiance à ton père, il saura prendre la bonne décision.
- Mais je la connais déjà, sa décision, il ne supporte pas que l'on puisse faire travailler des enfants de 12 ans, alors imagine, lorsqu'il s'agit d'un travail de nuit.
- Rose, Rose, ne t'inquiète pas, tout en arrangé.
- Comment cela ?
- Tu as raison, ton père risque son emploi s'il dénonce son patron, ce n'est donc pas lui qui va le faire.
- Que veux-tu dire ?
- Et bien, figure-toi que mon père est chargé des impôts du patron incriminé.
- Oui, et alors ?

- Il se trouve qu'il a demandé à un collègue de faire une vérification inopinée chez ce vil personnage ce soir, comme la loi le lui autorise.
- Et comme il travaille pour les impôts, il peut dénoncer un manque à la loi.
- Parfaitement Rose.
- Mais pourquoi n'est-ce pas ton père qui le fait ?
- Parce que le patron incriminé pourrait faire le lien avec le tien si nous sommes mariés.
- Charles ?
- Rose… je crois que le temps est venu pour nous d'envisager de nous unir… Rose, veux-tu devenir mon épouse ?

Elle s'approche de moi les yeux humides, me prend les mains et me sourit.

- Oui Charles, je le désire au plus profond de mon cœur.

Le jeudi 28 octobre 1841, reconquête.

Rose va devenir mon épouse, ce jour restera à tout jamais gravé dans ma mémoire. Je viens de démarrer la reconquête de mon esprit, ce n'est pas mon corps qui vient de demander Rose pour femme, mais mon âme.

Nous verrons plus tard la fondation d'une famille, d'autant que nous avons déjà un fils, certes virtuel : Milow.

Le lendemain, nous allons avec Rose chez mes parents afin de leur annoncer la bonne nouvelle.

– Bonjour, les enfants, quel bon vent vous amène ?

– Papa est là ?

– Oui, il vient de revenir de son travail… mais qu'y a-t-il, Charles ? Rien de grave j'espère… tu m'inquiètes…

– Maman, maman, tout va bien, nous voulions simplement nous assurer que vous étiez tous les deux présents.

Nous nous dirigeons tous les trois vers le salon, où mon père est en pleine lecture de son quotidien favori. En nous voyant, il paraît surpris ; il se lève promptement en reposant son journal.

– Charles, Rose ? Que se passe-t-il ?

– Décidément, vous me semblez bien pessimistes avec maman.

– Excuse-nous mon chéri, comme tu ne nous as pas prévenus de ta visite, nous sommes surpris.

Je me saisis de la main de Rose et m'adresse solennellement à mes parents.

– Papa, maman. Nous voulions vous annoncer avec Rose que nous avons décidé de nous marier.

À cette déclaration, ma mère prend Rose dans ses bras et mon père fait de même avec moi. Je suis persuadé qu'ils attendaient depuis quelque temps ce moment de bonheur… mais ma mère ne dérogeant pas à son instinct part dans un long monologue.

– C'est formidable ! Avez-vous déjà arrêté une date ? Rose, ma chérie, as-tu trouvé une robe ? Si tu le souhaites, je peux reprendre la mienne et la mettre à tes mensurations. Charles, tu ne pourras pas récupérer le costume de ton père, tu es devenu bien trop costaud avec ton canotage. Rose, ma petite Rose, il va falloir que nous nous voyions pour…

– … Maman ! Respire. Nous verrons tous ces aspects plus tard, nous n'avons rien programmé pour le moment.

Nous resterons dîner chez mes parents, et malgré mes recommandations, nous aurons du mal à arrêter le babillage de maman.

★
★   ★

Deux jours plus tard, nous profitons de la messe dominicale, pour faire part de notre intention au père François.

    —   Ce sera une joie pour moi de vous bénir mes enfants.

    —   Merci mon père.

Au loin, j'aperçois Étienne qui passe près de l'Église.

    —   Je suis désolé, mon père, mais nous devons prendre congé, je viens de voir mon ami Étienne Vitré et nous devons lui annoncer la bonne nouvelle.

    —   Allez, mes chers enfants, allez en paix.

Je saisis la main de Rose et je précipite nos pas vers l'extérieur.

    —   Étienne ! Étienne !

Il est accompagné d'Élisabeth, ils ont entendu mes cris et se retournent vers nous.

    —   Rose, Charles ! Quelle bonne surprise !

    —   Bonjour, Élisabeth, bonjour, Étienne.

    —   Vous sortez de la messe ?

    —   Oui, et surtout, nous voudrions vous annoncer une nouvelle.

Je lus dans le regard d'Étienne qu'il avait déjà compris ce dont il s'agissait. Et mon mutisme étant un peu long, c'est Rose qui reprit la main.

    —   Nous allons nous marier.

    —   Félicitation, à tous les deux.

    —   Et Étienne, je voulais savoir si tu accepterais d'être mon témoin.

Il me prit instantanément dans les bras, quelques larmes de joie coulèrent sur ses joues.

    —   Avec grand plaisir Charles, tu me fais là un immense cadeau d'amitié.

Cet épisode de ma vie me rappelle ce mythe que Platon décrivait dans le banquet, celui de l'époque où il existait des hommes, des femmes et des androgynes ; à la fois homme et femme. Zeus décida un jour de les couper en deux, et les deux moitiés n'eurent de cesse depuis ce jour de retrouver leur autre moitié.

Voici donc la phrase que je noterai dans mon carnet bleu ce jour-là.

Je crois qu'aujourd'hui j'ai retrouvé mon autre moitié.

PARTIE 4

LA RENAISSANCE

Naître, mourir, renaître encore et progresser sans cesse, telle est la Loi.

Allan Kardec

CHAPITRE 19 : AMOUR

Été 1842

Le grand jour est arrivé, mais, il faillit ne jamais avoir lieu. La date que nous avions prévue pour notre mariage avec Rose, était fixée au samedi 14 mai de l'année 1842. Malheureusement, un drame survenu le dimanche précédent nous a contraints à repousser l'événement à ce jour du 9 juillet 1842.

Voici ce que nous pouvions lire dans Le Constitutionnel du 10 mai dernier.

ACCIDENT ARRIVÉ SUR LE CHEMIN DE FER DE
VERSAILLES (RIVE GAUCHE.)

La déplorable catastrophe arrivée hier sur le chemin de fer de la rive gauche n'est que trop réelle ; et les premiers récits, loin d'en avoir exagéré le tableau, comme il y avait lieu de l'espérer, paraissent au contraire être restés au-dessous de la vérité. Nous réunissons ici les diverses versions que publient quelques journaux du matin, on verra que si elles diffèrent dans les détails, elles s'accordent toutes dans ce que le résultat a d'affreux.

Les précisions de l'accident des trains étaient horribles, entre le chauffeur de la motrice, le *Mathieu Murray*, qui stoppé sur la voie fut écrasé par la locomotive qui le suivait, et, le choc et l'incendie qui s'en succédèrent, firent de nombreux blessés et surtout 55 morts en grande partie calcinés par les flammes. Le drame est intervenu vers dix heures du soir, alors que les passagers revenaient de Versailles où ils avaient participé au spectacle des grandes eaux… cruelle coïncidence.

Malheureusement, plusieurs de nos amis faisaient partie du voyage, mais aucun d'entre eux ne périt, seul Louis Méléan, mon deuxième témoin, fut blessé à une jambe. Il dut passer un long moment à l'hôpital civil de Melun, situé dans l'ancien couvent des Récollets ; ce séjour l'éloignera tristement du canotage à tout jamais. C'est la raison qui nous a incités à repousser la date de notre mariage.

Gabriel devait également se trouver dans le train, mais s'étant engagé dans la marine quelques mois plus tôt, il s'est vu affecté à une mission avant le drame. Il ne sera toutefois pas présent à mon union avec Rose… sa mission n'est pas terminée ; à vrai dire je ne le reverrai pratiquement plus durant de très longs mois. Je me suis toujours posé la question s'il n'avait pas choisi les océans comme nouvel environnement pour être au plus proche d'un liquide s'il lui venait une crise d'épilepsie…

Le samedi 9 juillet 1842, Amour.

J'écris ces quelques lignes de bonne heure ce matin, la journée risque d'être suffisamment forte en émotion pour que je ne puisse rédiger quoi que ce soit ce soir.

Contrairement à ma crainte habituelle, ce n'est pas mon corps qui dominera mon esprit, c'est bien mon âme. Le spécialiste des langues mortes, que je suis devenu, sait qu'amour peut se décomposé en Âme et Our ; la lumière. Mon union avec Rose va devenir le point d'orgue de ma construction personnelle, celle de la réconciliation de la conscience à la Lumière.

Rose mon catalyseur de vie, je t'aime…

Je suis déjà à l'intérieur de l'église, impatient de voir entrer Rose. Je me sens très engoncé dans mon costume noir. Afin de confirmer la réconciliation avec moi-même grâce à mon aimée, j'ai fait disparaître cette petite moustache qui cachait l'absence de l'empreinte de l'ange. En me regardant, ma mère se rend compte du petit changement sur mon visage, elle sourit, je crois qu'enfin elle me comprend, elle me serre très fort le bras, elle paraît plus anxieuse que je ne le suis. Elle donne l'impression de vouloir me retenir pour que je reste à tout jamais son enfant.

… la voici… Ouah ! Je suis abasourdi par sa beauté. Qu'elle a eu raison de ne pas accepter la robe de maman. Quelle merveilleuse idée ce blanc immaculé[37]… elle illumine, elle rayonne… Lentement, elle avance dans l'allée centrale, l'assemblée est subjuguée, des murmures d'admiration s'expriment au rythme des grandes orgues de l'église.

À ce moment, je pense également à tous ceux qui n'ont pu être présent, notamment grand-tante Suzon, décédée l'hiver dernier… la grippe, encore la grippe. Malgré tout, je revois son sourire et son visage qui m'apaisaient, je me remémore mes premiers souvenirs dans lesquels elle était souvent présente, je mesure le chemin parcouru depuis ces années ; elle serait fière de moi.

La voilà enfin accompagnée de son père, il me salue et me tend le bras de sa fille, alors que fébrilement maman me lâche la main. Le père de Rose me tape trois coups sur l'épaule et me sourit, lui et ma mère se dirigent alors vers les places réservées pour la famille. Rose me sourit en voyant que ma moustache n'est plus. Avant de nous tourner vers l'autel, nous avons en dernier regard pour chacun de nos proches ; grand-père René et grand-mère Jeanne ont fait le voyage, ils ont revêtu leurs plus beaux habits ; papa s'empresse d'attraper le bras de maman lorsqu'elle retourne près de lui, probablement de peur qu'elle ne revienne me chercher… du côté de Rose, seuls ses parents sont présents, ainsi que sa sœur assise avec nos témoins, Étienne et Louis pour moi et Élisabeth et sa sœur pour Rose.

Le père François nous invite à nous tourner vers lui, il s'agit de l'une de ses dernières cérémonies, dans quelques jours il s'en ira de Terre-Bounnain pour rejoindre un monastère afin d'y passer le reste de sa vie. L'homme a beaucoup vieilli, mais sa parole est toujours aussi puissante de bienveillance.

La célébration de mariage durera 45 minutes, les chiffres, constamment les chiffres… ma mère et ma grand-mère pleureront beaucoup, de joie… j'espère.

---

[37] La reine Victoria fut la première souveraine à se marier en blanc en 1840, cette mode se répandra rapidement partout en Europe.

La sortie de l'église restera pour moi le point d'orgue de cette journée particulière. J'étais entré au bras de ma mère, j'en ressors à celui de mon épouse. Plus que la symbolique de la mère qui confie son fils à une autre, c'est pour moi l'épilogue des retrouvailles de ces deux âmes errantes par une union que rien ne pourra jamais séparer... même pas la mort.

Des cris de joie accompagnent notre sortie, chacun à son tour vient nous congratuler, même des personnes que nous ne connaissons pas ; un mariage dans un village comme Terre-Bounnain est un événement, la majorité des habitants était donc présente à la cérémonie.

- Marie, Jean ! Vous devez être fiers.
- Vous savez, Étienne, mon épouse a un double sentiment aujourd'hui, celui de voir son fils heureux, mais d'avoir la sensation de le perdre.
- Rassurez-moi Marie, le bonheur de Charles est bien supérieur à tout...
- ... Oh oui ! Mon mari plaisantait...
- ... ah, ah ! Moi aussi, Marie.
- Nous ne vous avons jamais assez remercié pour votre présence auprès de Charles, vous lui avez apporté beaucoup d'ouverture vers le monde que nous ne pouvions lui proposer.
- Je vous en prie, Jean, je n'ai fait qu'assouvir sa soif d'apprendre comme vous-même lorsque vous lui achetiez tous ces livres... oh pardon, lorsque votre collègue vous les offrait.
- Ne me dites pas que Charles avait deviné mon stratagème.
- Dès le premier jour Jean, dès le premier jour.
- Je dois vous avouer que contrairement à mon époux, j'ai parfois jalousé votre relation avec mon fils.
- C'est tout naturel Marie, ne vous inquiétez pas.
- Mais, dites-moi à quel moment avez-vous découvert que Charles était... différent ?
- Jean, notre fils n'est pas différent !

- Je suis d'accord Marie, même si je dirais plus que c'est nous qui ne sommes pas comme Charles. Et pour répondre à votre question Jean, j'ai su qu'il aurait un destin particulier le jour où je suis venu vous voir pour la première fois.
- Vous aviez vu l'absence de l'empreinte de l'ange.
- Oui Marie.

J'ai suivi la conversation de loin, et je m'avance afin de remercier chaleureusement mes proches et mon ami.

- Ah, voici l'homme du jour !
- Merci à tous pour ce que vous m'avez apporté depuis toutes ces années.

Je laisse Rose avec mes parents et Élisabeth, puis j'entraîne Étienne discrètement dans un endroit isolé.

- Alors comme cela, tu connaissais cette légende de l'empreinte de l'ange depuis le premier jour où tu m'as vu ?
- Oui Charles, je ne t'en ai jamais parlé, mais… je savais que tu aurais à en souffrir.
- Tu crois réellement à cette histoire de l'ange Lailah ?
- Tu sais Charles, nous devons toujours chercher ce qui peut bien se cacher derrière certains symboles.
- Je ne comprends pas.
- Le temps est bientôt venu où beaucoup de choses s'éclaireront dans ton esprit.
- Que veux-tu dire ?
- Je te ferais rencontrer quelques amis et tu verras.

CHAPITRE 20 : RECONNAISSANCE

Été 1844

Depuis l'année passée, nous avons emménagé dans mon école, où trois petites maisons ont été construites afin d'y accueillir les instituteurs et leur famille. Nous avons suffisamment de place pour vivre, un salon, une cuisine, une grande chambre et une plus petite pour y recevoir un invité ou un enfant…

– Prête pour notre dernière journée de classe avant de partir en congé.
– Je suis à la fois heureuse de ces quelques jours de repos et triste de devoir quitter mes élèves pendant plusieurs semaines.
– Je partage ton avis.
– Mais dis-moi Charles, je te vois bien concentré sur le journal de la veille…

Effectivement, je ne faisais que répondre machinalement à Rose, trop focalisé sur ma lecture.

- … Oui, oui, tu es au courant de la rénovation de Notre-Dame de Paris ?
- J'en ai entendu parler, c'est un certain Viollet le Duc qui en a la charge.
- En réalité, ils sont deux, un certain Lassus[38] s'occupe également de ce chantier monumental.
- Et pourquoi cela semble-t-il t'intéresser autant ?
- Mais Rose, nous parlons là de la restauration d'une cathédrale, qui plus est, celle de Paris. C'est près de sept siècles d'histoire qui nous contemplent !
- Quelque chose me dit que nous allons faire une halte à Paris en allant voir tes grands-parents.
- Malheureusement non, le chantier est interdit au public. Je devrais me contenter des articles d'Étienne.

Comme chaque matin, j'accompagne Rose jusqu'à la grille de l'école des garçons où l'attend madame Lavigne, également institutrice dans une école privée pour fille à Melun. Elles partent toutes les deux en calèche pour un voyage d'une heure et trente minutes. Une fois que ce précieux convoi n'est plus à portée de vue, je retourne dans l'école. Je traverse la grande cour qui grouillera de jeunes garçons dans moins de deux heures, je franchis les quelques marches du perron, parcours le long couloir bordé de porte-manteaux où d'ici peu trôneront les casquettes des enfants. Ces porte-manteaux sont un indicateur de la température externe, plus il fait froid, plus ils sont surchargés. Ma salle de classe est la dernière au fond à droite, sur la porte, en lettres de laiton : Charles Pagiaut, quelle fierté j'ai ressentie la première fois où

---

[38] Jean-Baptiste-Antoine Lassus, né le 19 mars 1807 à Paris et mort le 15 juillet 1857 à Vichy, est un architecte français, spécialiste de l'architecture du Moyen Âge.

j'ai vu mon nom sur cette porte. Comme chaque matin, j'y passerais plus d'une heure à préparer les leçons du jour, puis irais accueillir les enfants à l'entrée de l'école.

Mais ce jour sera particulier, dès l'arrivée du premier élève, une chose étrange se passa.

– Bonjour monsieur.

– Bonjour François.

– Tenez, c'est pour vous.

Il me tend un petit paquet dans lequel se trouvent quelques fraises bien charnues.

– Merci, François, mais pourquoi m'offres-tu ces fruits ?

– Avec maman, on voulait vous remercier de toutes les choses que vous nous apprenez à l'école, alors ce matin nous avons ramassé des fraises dans le jardin.

L'ensemble des enfants sans exception y allèrent de leur petit geste de gratitude ; abricots, framboises, fraises ou un simple mot pour les plus modestes d'entre eux. Quelle joie…

Cette reconnaissance est probablement la plus pure, elle vient d'un être qui n'a pas encore acquis les codes de la bienséance des adultes. Quoi de plus glorifiant que la gratitude d'un enfant… Enfin, je comprenais que je pouvais être utile, mon dessein était de transmettre toute cette connaissance que l'ange Lailah n'a pas souhaité ou n'a pas pu me faire oublier. Le hasard voulut que la leçon du matin porte sur les fruits de l'été ; la vie est bien étrange, ou comme me le dit souvent Étienne : « Il n'y a pas de hasard Charles. ».

Lorsque la cloche de la récréation sonne, chacun se lève en silence, sort dans le couloir, et en quelques secondes les porte-manteaux se vident. L'un des enfants, Rémi, s'approche de moi, sa vie est assez mouvementée, son père est préfet et change donc régulièrement d'affectation.

- Monsieur Pagiaut.
- Oui Rémi, que puis-je faire pour toi ?
- Je voulais vous dire que je ne reviendrai pas à Terre-Bounnain à la rentrée des classes.
- J'imagine que ton père vient d'être muté dans un autre département.
- Oui, dans le euh… Sartre…
- Sarthe, Rémi, Sarthe.
- Oui, c'est ça, vous êtes intelligent monsieur, vous connaissez ?
- Je n'y suis jamais allé, mais je connais ce nom Rémi. Comme toi bientôt, je l'ai appris sur les bancs de l'école.

Ce garçon me touchera beaucoup ; ce ne doit pas être évident de changer régulièrement de lieu, de maison, d'école. Il me donna ce jour-là une idée pour mon jeune personnage Milow, comme lui je l'affublerai d'une casquette irlandaise et son père sera un préfet, ce qui lui permettra de vivre des tas d'aventures à la découverte de nombreux lieux magnifiques de France.

Pour la dernière leçon de cette année scolaire, j'ai décidé de poser une question aux enfants en relation avec ma petite discussion avec Rémi : quel est, selon eux, l'intérêt de l'enseignement ?

Rapidement, une forêt de main se lève dans la classe.

- François ?
- Si on est instruit, on pourra faire le métier que l'on veut.
- Jean ?
- Est-ce qu'on est obligé d'aller à l'école pour travailler dans les champs ?

– Si je comprends bien, pour vous l'instruction est directement liée à notre métier ?

– Oui…

– Oui…

Cette réponse fusa de toutes parts et de façon unanime.

– Croyez-vous que lorsque Victor Hugo a écrit <u>Notre-Dame de Paris,</u> il voulait que vous deveniez prêtre ?

– Oh non…

– Oh non…

Des petits rires d'enfants s'en suivirent.

– Il voulait simplement que vous puissiez lire une histoire par délice. Si vous n'apprenez pas à lire et à écrire, vous ne pourrez jamais avoir accès à tout ce qui n'est pas le travail… le plaisir, la joie que procure un livre, le bonheur d'écrire une lettre à une aimée.

La sortie de l'école pour cette dernière journée est particulière, je lis la joie dans les yeux des élèves, mais je suis également triste de les quitter pour plusieurs semaines, voir plus pour certains.

– Au revoir, monsieur Pagiaut, et merci pour cette année passée dans votre école.

– Je te souhaite de belles aventures dans la Sarthe Rémi.

– Je vous promets de vous écrire pour que vous voyiez mes progrès.

– Merci à toi, cela me fera très plaisir.

Le petit Lemaitre tiendra sa parole et je recevrai régulièrement de ces nouvelles.

Une fois tous les élèves partis, je retourne dans le bâtiment, je traverse ce long couloir qui m'apparaît bien vide et silencieux, je vérifie une dernière fois que je n'ai rien oublié dans ma salle de classe, puis referme à double tour la porte. Tout en me rendant dans notre maison située derrière le bâtiment principal, je me pose la question si Rose ressent en ce moment la même chose que moi… ils me manquent déjà.

Après moins de deux heures d'attente, Rose fait enfin son retour. À son regard, je comprends.

– Toi aussi, elles te manquent ?
– Oui Charles, mais, c'est parce que nous aimons notre métier. Le jour où nous n'aurons plus cette sensation, il nous faudra passer à autre chose.
– Je suis certain que cela ne nous arrivera jamais.

Le vendredi 5 juillet 1844, Reconnaissance.

J'ai reçu aujourd'hui ce que je désespérais de recueillir ; la reconnaissance. La plus pure d'entre elles, celle des enfants.

Alors que cela devrait paraître normal, je perçois tout de même une fierté, un sentiment que je ne me connaissais pas réellement. Jusqu'à présent, je considérais la fierté comme une forme de narcissisme déplacé, alors qu'il s'agit probablement de la confirmation que nous sommes en harmonie avec nous même, dans le dessein qui nous a été offert ; sans doute par Dieu dirait le père François, assurément, par le Grand Horloger, dirait Étienne.

– Charles, veux-tu bien m'aider à fermer la valise ?

Alors que j'écrivais ces quelques mots dans mon fameux carnet bleu, Rose s'attelait à la préparation de nos bagages pour notre séjour chez mes grands-parents.

- Oui, pardonne-moi, j'étais dans mes pensées.
- Je suis un peu anxieuse, Charles.
- Pour quelle raison ?
- C'est la première fois que nous allons prendre le chemin de fer depuis l'accident.
- Ne sois pas inquiète, les hommes apprennent toujours de leurs échecs, je suis très confiant.
- Vraiment ?
- Je ne t'aurais jamais proposé ce moyen de transport si je ne l'étais pas.

Plus les années avancent, plus je me rends compte que ces sentiments que je refoulais probablement font maintenant partie de mon quotidien. Je les apprivoise, je les maîtrise ; deviendrais-je humain, mon âme aurait-elle définitivement pris possession de mon corps ?

CHAPITRE 21 : RENCONTRES

Hiver 1847

Les années s'écoulent sans que le bonheur de vivre avec Rose ne s'estompe, pourtant je ressens un manque que je ne saurais décrire. Cette soirée chez Étienne et Élisabeth Vitré est probablement le déclencheur de la première étape vers le remplissage de ce manque.

Élisabeth nous a préparé un repas succulent, je ne lui connaissais pas ce don. Nos épouses ont développé une grande complicité, à la hauteur de celle que nous entretenons avec Étienne depuis de nombreuses années.

— Charles, as-tu suivi les avancées de Viollet le Duc, sur la rénovation de Notre-Dame ?

— Bien entendu, je lis régulièrement tes articles Étienne.

— Je suis certaine qu'il écrit quelques lignes sur le sujet dans son carnet bleu.

— Rose...

— ... non Charles, laisse la parler. Je serais vraiment curieux de lire ces fameux carnets un jour.

Je change rapidement de conversation afin d'éviter les questions, je ne suis pas encore prêt…

La fin du repas se déroule dans une ambiance très amicale et le dessert terminé, nous nous isolons avec Étienne dans sa bibliothèque comme nous avons l'habitude de le faire.

- Que penses-tu des travaux de Viollet le Duc ?
- Tu sais pour le moment, je n'en ai vu que des croquis, mais il semble avoir bien pris conscience du travail des anciens bâtisseurs.
- Et que connais-tu des anciens bâtisseurs ?
- Qu'ils avaient su créer une organisation suffisamment empreinte de confiance pour ériger de tels édifices.
- Ne penses-tu pas que derrière le taillage de la pierre, et notamment, les représentations de scènes ont un sens caché ?
- Un sens caché ?
- N'as-tu jamais entendu parler d'hermétisme ?
- Oui, bien sûr. Mais dirais-tu qu'il faut aller au-delà des représentations, qu'il y a autre chose à comprendre ?
- Probablement Charles.
- Donc, les gargouilles étranges que Viollet le Duc a ajouté à Notre-Dame ne doivent pas être considérée uniquement comme des gouttières ?
- C'est bien ce que je veux dire Charles.
- Je vais réétudier les croquis dans ce cas.
- Je vais te proposer mieux que cela…

Quelques jours plus tard, Étienne me proposa de l'accompagner à Paris pour visiter le chantier de Notre-Dame… quelle joie !

- Je vais profiter de ce voyage pour te présenter un ami Charles.
- Un ami ?

– Oui, je pense que tu devrais l'apprécier.

– Et que fait-il comme métier, est-il journaliste ?

– Ne pose pas trop de questions pour le moment et jouis de cette belle journée printanière.

– Tu as raison, profitons de ces bonnes odeurs de la nature avant de ne subir les émanations de Paris.

Le répit fut de courte durée. Nous arrivons dans la capitale ; l'île de la Cité n'est plus très loin ; je ressens déjà des frissons à l'idée de voir ce magnifique édifice.

– Regarde Charles, la voilà !

– Ouah !

Elle est majestueuse, gigantesque, malgré les échafaudages des bois qui l'entourent tel un squelette externe. Alors que nous descendons, un homme dont le visage ne m'est pas inconnu s'approche.

– Charles, voici justement mon ami qui arrive.

– Étienne, heureux de te voir.

– Bonjour, Eugène, laisse-moi te présenter l'ami dont je t'ai parlé.

L'homme qui me tend la main n'est autre que Viollet le Duc.

– Charles, je présume. Étienne m'a beaucoup parlé de vous.

– En...enchanté, monsieur Viollet le Duc.

– Je vous en pris Charles, appelez moi Eugène. Les amis de mes amis sont mes amis.

– Eugène, je crois que tu impressionnes Charles, ce n'est pas aisé habituellement.

– Voyons, il ne faut pas.

– J'avoue que je suis surpris, Étienne ne m'avait pas prévenu que vous étiez amis.

– Je voulais voir ta réaction. Je n'ai pas été déçu. Mais pour me faire pardonner, Eugène est d'accord pour te faire visiter personnellement le chantier. Je vous laisse tous les deux, j'ai un rendez-vous juste à côté.

– Et bien mon cher Charles, vous n'avez plus qu'à me suivre.

Cette visite est gravée à tout jamais dans ma mémoire. Ces deux heures avec Eugène furent magiques, je comprenais pourquoi Étienne m'avait parlé d'hermétisme quelques mois plus tôt.

En sortant de la cathédrale, nous apercevons Étienne qui nous attend près de sa calèche.

- Alors comment s'est passée votre rencontre ?
- Je pense que tu es en deçà de la vérité sur ton jeune ami, mon cher Étienne ; il est passionnant.
- Non, Eugène, c'est vous qui êtes passionnant, vous m'avez ouvert les yeux sur beaucoup de choses qui m'étaient inconnues.
- Mais vous aussi, Charles, vous m'avez appris beaucoup aujourd'hui.

Je n'ai pas vraiment compris cette phrase sur le moment, je n'en découvrirais le sens que plus tard.

Sur le retour vers Terre-Bounnain, je détaille à Étienne toutes les informations captivantes que j'ai découvertes.

- Je suis heureux, que cette visite t'ait satisfaite.
- Bien plus que cela Étienne.
- Alors, sache que nous rencontrerons dans quelque temps d'autres amis tout aussi intéressants.

Il me déposa chez moi avec cette phrase sibylline, mais quelques mois plus tard… il teint sa promesse.

Nous avons rendez-vous avec des amis d'Étienne dans une taverne du centre de Paris. Ce mois de novembre 1847 n'est pas vraiment propice à se balader dans la capitale, nous sommes pratiquement en guerre civile. Je suis d'autant plus étonné qu'Étienne m'ait entraîné dans cette atmosphère dangereuse.

– Tes amis doivent être réellement importants pour toi, que tu braves les dangers actuels de la capitale.
– Rassure-toi Charles, là où nous allons, nous ne risquons rien. D'ailleurs, nous sommes arrivés.

L'entrée de la taverne est assez particulière, deux colonnes de marbre blanc encadrent la porte bleue. À l'intérieur, quelques hommes sont attablés, nous avançons vers le fond de l'établissement et entrons dans une petite salle isolée. À notre arrivée, deux hommes se lèvent et progressent vers Étienne, chacun à leur tour, il lui serre la main d'une façon étrange puis termine par une accolade.

– Heureux de te revoir mon frère.
– Merci mes frères. Mais laissez-moi vous présenter Charles.

Les deux hommes s'approchent de moi et me serrent la main… normalement.

– Bonjour Charles, Guillaume Debrune.
– Enchanté.
– Bonjour Charles, François Cartier.
– Enchanté.
– Messieurs, asseyons-nous et commandons un verre.
– Excellente initiative Étienne.
– Alors, dites-moi Charles, nous avons cru comprendre que vous étiez quelqu'un de très intelligent, les sciences, la littérature vous intéressent fortement… mais croyez-vous en Dieu.

La question semble venir de nulle part et me déstabilise quelque peu. Cependant, je vois bien ces regards fixés sur moi, attendent une réponse.

– Je vais à la messe régulièrement, j'ai été au catéchisme. Mais je ne pense pas que ce soit la réponse que vous espériez.

– Poursuivez.

– Si nous parlons de Dieu, en tant qu'être défini par une religion, je dois vous avoué ne pas être à l'aise avec cette idée, pourtant, je suis persuadé que quelque chose, appelons-le tout de même Dieu, régit l'univers. Chaque être, chaque action n'est pas le fruit du hasard. Je ne crois pas au hasard, donc je crois en Dieu.

Un long silence s'installe après ma réponse et doucement les trois hommes se regardent, un large sourire apparaît sur leur visage. Guillaume et François font un geste de la tête à Étienne.

– Charles, mon ami. Je vais te dévoiler la vérité. Nous faisons tous les trois partie d'une vieille association discrète née en Angleterre il y a plus de cent ans.

– La Franc-Maçonnerie ?

– Exactement.

Tout s'éclaircit, même si intérieurement je me doutais de cette vie discrète d'Étienne.

– J'imagine qu'Eugène Viollet le Duc appartient à votre association ?

– Non, pas à proprement dit. En réalité, nous sommes la branche de la Franc-Maçonnerie traditionnelle, Eugène a choisi une autre voie maçonnique appelée Memphis[39].

– Mais pourquoi me dire tout ceci aujourd'hui ?

– Cela fait des années que je t'observe, que je suis surpris par ta capacité de réflexion, d'écoute, d'analyse. Et aujourd'hui, j'ai souhaité avec mes amis tester par des tiers ta compatibilité avec notre organisation.

Guillaume Debrune lève la main, Étienne l'invite à parler, et il s'adresse à moi.

---

[39] Le Rite de Memphis naquit peu avant 1838, sous l'influence de Jean Étienne Marconis de Nègre (1795-1868). Exclu du rite de Misraïm, il fonda en 1838 l'Ordre de Memphis dont il devint grand maître et grand hiérophante.

–   Charles, nous savons que vous êtes un homme libre penseur et de bonnes mœurs, nous serions heureux et flattés que vous nous rejoigniez. En seriez-vous d'accord ?

Ma réflexion fut de courte durée, j'avais un sentiment de bienveillance et j'ai une entière confiance en mon ami Étienne.

–   Ce serait avec joie.

–   Magnifique ! s'exclament les trois hommes, puis François Cartier s'adresse à moi.

–   Mon cher Charles, votre introduction dans notre organisation ne pourra malheureusement avoir lieu qu'après la fin des événements. Nous sommes trop occupés pour le moment.

Étienne à son tour prend la parole.

–   Nous allons devoir patienter, mais un espoir est permis, d'ici quelques semaines la république sera proclamée.

–   Mais comment pouvez-vous le savoir ?

Un long silence s'installe… les deux amis d'Étienne se lèvent, me saluent et me laissent sans réponse.

–   Tu comprendras tout ceci… bientôt Charles.

La suite des événements lui donnera raison. Le 24 février 1848, Louis-Philippe abdique au terme de trois jours d'insurrection. C'est la fin de la monarchie de Juillet. Le soir même de la victoire, un gouvernement provisoire est formé à l'Hôtel de Ville de Paris autour des quelques députés républicains : Lamartine, Arago, Ledru-Rollin, Dupont de l'Eure, Garnier-Pagès, Crémieux et Marie, à ce groupe, d'autres personnages sont adjoints : le mécanicien Albert, militant des sociétés secrètes, le socialiste Louis Blanc et les directeurs des grands journaux républicains ; Ferdinand Flocon de la Réforme et Armand Marrast du National. Une fois cette liste dressée, Lamartine annoncera :

« Le gouvernement actuel de la France est le gouvernement républicain ! ».

Le lendemain, la IIe République est proclamée. Rapidement, de nombreux changements sont annoncés : le drapeau tricolore, la fin de la peine de mort en matière politique, limitation de la journée de travail. Le 4 mars, la constituante se réunie avec son lot de transformations : la liberté de la presse et de réunion est garantie, le suffrage universel masculin est établi. Le 27 avril sous l'impulsion de Victor Schœlcher, l'abolition de l'esclavage est instituée par décret. Après l'échec de Louis Blanc à la tête du coup de force des *républicains de la veille*, une insurrection s'installera à Paris du 22 au 26 juin. À la suite de ces événements dramatiques, le général Cavaignac est élu président du Conseil le 5 juillet.

La journée qui restera la plus mémorable pour moi sera celle du 12 novembre 1848, c'est ce jour-là que je pris conscience du réel manque que je ressentais dans ma vie. Alors que je lisais un article sur la promulgation Place de la Concorde de la nouvelle constitution de la Deuxième République, Rose m'annonçait que nous allions être parents...

Dans les neuf mois qui suivirent, j'eus l'étrange sensation que les événements s'enchaînaient avec beaucoup plus d'harmonie. Le 10 décembre, Louis-Napoléon Bonaparte était élu avec 74,31 % des voix, pour la première fois au suffrage universel masculin, face à Louis Eugène Cavaignac et Alexandre Ledru-Rollin. Le 14 mai 1849, des élections législatives eurent lieu qui virent la large victoire du *parti de l'Ordre* face aux *républicains modérés*, en réponse à ces élections, l'assemblée constituante se dissolvait pour laisser place à la nouvelle Assemblée nationale législative.

Malheureusement, j'apprenais quelques jours plus tard qu'Eugène Viollet le Duc était atteint du choléra...

– Bonjour Charles.

– Bonjour, Étienne, as-tu des nouvelles d'Eugène ?

– Oui Charles, et c'est la raison qui m'amène.

- Je t'écoute.
- Et bien, notre ami Eugène est un survivant, il a guéri...
- ... formidable !
- C'est le motif par lequel je peux t'annoncer que nous allons procéder à ton initiation dans notre association d'ici quelques semaines. Eugène tenait absolument à être présent.
- Je suis à la fois heureux et flatté Étienne.
- Je te donnerai toutes les indications nécessaires très prochainement.
- Merci.
- Et Rose, comment va-t-elle ?
- Justement, je suis un peu angoissé, j'attends d'un moment à l'autre l'accoucheuse.

Au même instant, un râle tonitruant émane de la chambre à coucher.

- Mon Dieu Rose !
- Ne t'inquiète pas Charles, ce sont des contractions.
- Je sais, je sais, mais je dois attendre ici, l'accoucheuse doit passer par l'école et...
- ... du calme, du calme, mon ami. Je vais rester et l'attendre, pendant ce temps va auprès de ton épouse pour la soutenir.
- Merci, Étienne, merci.

Une heure plus tard, la sage-femme est arrivée, Étienne l'accompagne vers la chambre.

- Bonjour, madame, nous vous attendions impatiemment.
- Tu es le jeune Pagiaut ?
- Euh... oui.

La vieille femme me fixe un long moment et finit par me lâcher un sourire.

- Je suis heureuse de te revoir, c'est moi qui t'ai mis au monde il y a près de 30 ans.
- Ah ?

— Mais bon, aujourd'hui je dois m'occuper de ton futur enfant, je vais donc te demande de sortir pendant que je prépare sa venue.

La porte se referme sans que je puisse ajouter un mot. Je me retourne vers Étienne.

— Quel âge peut-elle bien avoir ?
— Celui de l'expérience Charles, celui de l'expérience.

L'accouchement se passera pour le mieux, Rose me donnera un fils que nous appellerons Milo en hommage à son parrain Étienne.

Le lundi 2 juillet 1849, Rencontre.

J'ai fait aujourd'hui une de mes plus belles rencontres. Celle d'un nouvel être humain Milo.

Je suis le plus heureux des hommes, je suis père.

CHAPITRE 22 : SPIRITUALITÉ

Printemps 1850

Ce matin, je suis interloqué par un article écrit par Étienne, intitulé Loi des Burgraves sur le suffrage universel masculin. C'est plus précisément l'article 2 de ce projet de loi qui m'interroge et me révolte quelque peu. Il indique que la liste électorale d'une commune intégrera : « *Tous les Français âgés de vingt et un ans accomplis, jouissant de leurs droits civils et politiques, actuellement domiciliés dans la commune et qui ont leur domicile dans la commune ou dans le canton depuis trois ans au moins* ». Ceci remet en cause le décret du 5 mars 1848 qui n'exigeait que six mois de résidence. La conséquence principale est la disparition sur les listes d'une partie de la population dite « instable » ; artisans villageois, certains ouvriers industriels ou agricoles, les compagnons qui réalisent leur tour de France. C'est d'autant plus regrettable qu'il s'agit de la population la moins influencée par le contrôle des curés et notables, le relais local de la droite conservatrice. Je dois aller voir Étienne et lui faire part de ma préoccupation.

- Bonjour Étienne.
- Charles, tu tombes bien, je voulais justement de parler. Mais, je t'en prie, quel bon vent t'amène ?
- Je viens de lire ton article sur la loi des Burgraves, et je suis très inquiet.
- Je t'écoute.
- Il s'agit à mon avis d'une machination des conservateurs pour évincer une partie de la population qui ne leur est pas forcément favorable.
- Et qu'est-ce qui t'a amené à cette conclusion ?
- L'allongement de la durée de résidence Étienne !
- Je suis malheureusement d'accord avec toi, Charles.
- Tu te rends compte de tous ces ouvriers agricoles et surtout les compagnons Étienne ! Est-ce que tes frères ne pourraient pas intervenir ?
- C'est justement le point que je voulais aborder avec toi.
- Comment cela ?
- Mes frères, comme tu dis, agissent dans l'ombre pour éviter cette machination, ils sont donc très occupés en ce moment. C'est pourquoi ton initiation a encore pris du retard.
- Ce n'est pas grave Étienne, l'important est de faire disparaître ce projet de loi.

Dès le lendemain, Étienne me propose de l'accompagner à l'Assemblée nationale pour venir y écouter un orateur hors pair à propos de cette loi : Victor Hugo. À l'annonce de ce célèbre nom, je n'ai pas hésité une seconde, mais je dois auparavant m'entretenir avec le père François afin qu'il sache que je vais rejoindre la Franc-Maçonnerie. Étienne a accepté de faire un petit détour vers le monastère où il vit dorénavant.

- Bonjour, Charles, tu souhaitais me parler, tout va bien ?
- Oui mon père, je vous remercie.
- Dans ce cas, je t'écoute.
- Vous connaissez mon assiduité au catéchisme lorsque j'étais enfant.
- Bien entendu, Charles, tu étais de loin le plus doué, tu savais lire au-delà du texte.
- Justement, c'est ce qui m'a toujours fait douter de ma foi en un Dieu dévoilé.
- Crois-tu au concept de Dieu ?
- Oui, mais pas forcément celui illustré dans les livres. Je crois en une force supérieure, mais encore inconnue.
- Je comprends, Charles, mais il n'y a rien d'anormal, tu as la foi, c'est l'essentiel.
- Mais comprenez mon père que j'ai besoin d'aller plus loin dans ma recherche personnelle.
- Je vais te rassurer mon fils, j'ai parmi mes fidèles un homme qui se trouve être ton ami, je sais qu'il fait partie d'une association que l'on appelle la Franc-Maçonnerie.
- Et qu'en pensez-vous ?
- Que du bien, Charles, que du bien.
- Mais je pensais que l'église n'approuvait pas d'un bon œil...
- ... je t'arrête mon fils, je ne suis pas l'église. Va en paix, je suis persuadé que tu y trouveras ce que tu recherches.

C'est fort de ce consentement que je retrouve Étienne pour notre départ vers l'Assemblée nationale. Nous sommes le 21 mai 1850 et même si nous sommes un mardi, j'ai pu me libérer, l'école de Terre-Bounnain ayant été fermée quelques jours pour raison de travaux.

Le voyage fut rapide, je ressens un certain empressement dans l'attitude d'Étienne.

- Saurions-nous en retard que tu hâtes tes chevaux de la sorte Étienne ?
- Non, non. En réalité, je suis très impatient de voir Hugo à l'œuvre.
- Je te comprends, j'adore sa façon d'écrire, et s'il est aussi bon orateur, cela promet de belles envolées littéraires.

Nous arrivons enfin au Palais Bourbon, lieu où se réunit l'Assemblée nationale. Nous avons l'étrange sensation d'entrer dans un temple de la Grèce antique plus que dans un bâtiment républicain… et dire qu'il y a moins d'un siècle, il s'agissait de la demeure d'une fille illégitime de Louis XIV[40]…

Nous nous introduisons dans le palais, franchissons les escaliers menant aux balcons au-dessus de l'hémicycle. Nous avons tout juste le temps de nous installer que Victor Hugo s'approche du perchoir pour y discourir. L'homme à l'air sévère, sa raie de côté laisse apparaître un front large et rond, il n'a pas encore sa barbe qui le rendra légendaire. Il fait maintenant face aux élus… le silence s'établit.

- Messieurs, la révolution de février, et pour ma part, puisqu'elle semble vaincue, puisqu'elle est calomniée, je chercherai toutes les occasions de la glorifier dans ce qu'elle a fait de magnanime et de beau
- très bien ! très bien !

Hugo poursuit son discours dans un silence de courte durée.

- [...] Certes, ce fut une grand-chose de reconnaître le droit de tous, de composer l'autorité universelle de la somme des libertés individuelles, de dissoudre ce qui restait des castes dans l'unité

---

[40] Le Palais Bourbon a été construit par Louise-Françoise de Bourbon, Mademoiselle de Nantes, fille légitimée de Louis XIV et de Madame de Montespan, qui avait épousé Louis III de Bourbon-Condé, duc de Bourbonnais et 6e prince de Condé.

auguste d'une souveraineté commune, et d'emplir du même peuple tous les compartiments du vieux monde social ; certes, cela fut grand ; mais, messieurs, c'est surtout dans son action sur les classes qualifiées jusqu'alors classes inférieures qu'éclate la beauté du suffrage universel.

Des rires ironiques se font entendre du côté droit

— Messieurs, vos rires me contraignent d'y insister. Oui, le merveilleux côté du suffrage universel, le côté efficace, le côté politique, le côté profond, ce ne fut pas de lever le bizarre interdit électoral qui pesait, sans qu'on pût deviner pourquoi, mais c'était la sagesse des grands hommes d'État de ce temps-là.

Les rires se font alors entendre du côté gauche

Hugo poursuit dans une agitation de plus en plus palpable.

— [...] Le suffrage universel dit à tous, et je ne connais pas de plus admirable formule de la paix publique : soyez tranquilles, vous êtes souverains. [...] Méditez ceci, en effet : sur cette terre d'égalité et de liberté, tous les hommes respirent le même air et le même droit. Il y a dans l'année un jour où celui qui vous obéit se voit votre pareil, où celui qui vous sert se voit votre égal, où chaque citoyen, entrant dans la balance universelle, sent et constate la pesanteur spécifique du droit de cité, et où le plus petit fait équilibre au plus grand.

— Bravo ! à gauche. On rit à droite.

— [...] Oui, messieurs, ce projet, qui est toute une politique, fait deux choses : il fait une loi, et il crée une situation. Une situation grave, inattendue, nouvelle, menaçante, compliquée, terrible. Allons au plus pressé. Le tour de la loi, considérée en elle-même, viendra. Examinons d'abord la situation. Quoi ! après deux années d'agitation et d'épreuves, inséparables, il faut bien le dire, de toute grande commotion sociale, le but était atteint ! Quoi ! la paix était faite ! quoi ! le plus difficile de la solution, le procédé, était trouvé, et, avec le procédé, la certitude. Quoi ! le mode de création pacifique du progrès était substitué au mode violent ; les impatiences et les colères avaient désarmé ; l'échange du droit de révolte contre le droit de suffrage était consommé ; l'homme des classes souffrantes avait accepté ; il avait doucement et noblement accepté. Nulle agitation, nulle turbulence. Le malheureux s'était senti rehaussé par la confiance sociale. Ce nouveau citoyen, ce souverain restauré, était entré dans la cité avec une dignité sereine.

Des applaudissements à gauche se font entendre, mais depuis quelques instants, un bruit presque continu, venant de certains bancs de la droite, se mêlent à la voix de l'orateur. Victor Hugo s'interrompt et se tourne vers les agitateurs.

– Messieurs, je sais bien que ces interruptions calculées et systématiques ont pour but de déconcerter la pensée de l'orateur de lui ôter la liberté d'esprit, ce qui est une manière de lui ôter la liberté de la parole. Mais c'est là vraiment un triste jeu, et peu digne d'une grande assemblée. Quant à moi, je mets le droit de l'orateur sous la sauvegarde de la majorité vraie, c'est-à-dire de tous les esprits généreux et justes qui siègent sur tous les bancs et qui sont toujours les plus nombreux parmi les élus d'un grand peuple. Je reprends : la vie publique avait saisi le prolétaire sans l'étonner ni l'enivrer. Les jours d'élection étaient pour le pays mieux que des jours de fête, c'étaient des jours de calme.

Les invectives vont de plus en plus fort, alors qu'il poursuit son discours.

– [...] Allez, faites ! retranchez trois millions d'électeurs, retranchez-en quatre, retranchez-en huit millions sur neuf. Fort bien, le résultat sera le même pour vous, sinon pire. Ce que vous ne retrancherez pas, ce sont vos fautes ; ce sont tous les contresens de votre politique de compression ; c'est votre incapacité ; c'est votre ignorance du pays actuel ; c'est l'antipathie qu'il vous inspire et l'antipathie que vous lui inspirez. Ce que vous ne retrancherez pas, c'est le temps qui marche, c'est l'heure qui sonne, c'est la terre qui tourne, c'est le mouvement ascendant des idées, c'est la progression décroissante des préjugés, c'est l'écartement de plus en plus profond entre le siècle et vous, entre les jeunes générations et vous, entre l'esprit de liberté et vous, entre l'esprit de philosophie et vous. Ce que vous ne retrancherez pas, c'est ce fait invincible, que, pendant que vous allez d'un côté, la nation va de l'autre, que ce qui est pour vous l'orient est pour elle le couchant, et que vous tournez le dos à l'avenir, tandis que ce grand peuple de France, la face tout inondée de lumière par l'aube de l'humanité nouvelle qui se lève, tourne le dos au passé !

Hugo entame alors sa conclusion.

– […] Messieurs, cette loi est invalide, cette loi est nulle, cette loi est morte même avant d'être née. Et savez-vous ce qui la tue ? C'est qu'elle ment ! C'est qu'elle est hypocrite dans le pays de la franchise, c'est qu'elle est déloyale dans 1er pays de l'honnêteté ! C'est qu'elle n'est pas juste, c'est qu'elle n'est pas vraie, c'est qu'elle cherche en vain à créer une fausse justice et une fausse vérité sociales ! Il n'y a pas deux justices et deux vérités : il n'y a qu'une justice, celle qui sort de la conscience, et il n'y a qu'une vérité, celle qui vient de Dieu ! Hommes qui nous gouvernez, savez-vous ce qui tue votre loi ? C'est qu'au moment où elle vient furtivement dérober le bulletin, voler la souveraineté dans la poche du faible et du pauvre, elle rencontre le regard sévère, le regard terrible de la probité nationale ! Lumière foudroyante sous laquelle votre œuvre de ténèbres s'évanouit. […] Vous arracheriez plutôt l'écueil du fond de la mer que le droit du cœur du peuple ! Je vote contre le projet de loi.

La séance est suspendue au milieu d'une inexprimable agitation.

Nous quittons l'assemblée emplies des mots, des phrases extraordinaires de Victor Hugo.

— Dis-moi Étienne, est-ce que Hugo est franc-maçon ?

— Malheureusement non.

— Mais pourquoi ?

— Son père le général Léopold Hugo[41] l'était, mais leur relation n'étant pas la meilleure, il a toujours refusé de nous rejoindre.

— C'est bien dommage.

— Ce n'est pas si grave que cela Charles, certains grands hommes peuvent être des maçons sans tabliers et ils œuvrent à leur façon à l'amélioration de la société.

Au bout des quelques minutes, je m'aperçois que nous ne nous dirigeons pas dans la bonne direction.

— Où allons-nous ?

— Nous restons à Paris ce soir, j'ai prévenu Rose qui m'a laissé quelques affaires pour toi…

— … que racontes-tu ?

— Pas d'inquiétude Charles, il te faut bien dormir, demain est un grand jour, celui de ton initiation.

Je ne m'étais pas préparé à rester cette nuit dans la capitale… je n'aime pas l'imprévu… Malgré tout, mon sommeil fut des plus profonds et c'est revigoré que je rejoins Étienne dans la salle à manger de l'hôtel.

— Bonjour Étienne.

— Bonjour, Charles, as-tu bien dormi ?

— Étrangement, oui.

---

[41] Joseph Léopold Sigisbert Hugo, né à Nancy le 15 novembre 1773 et mort le 29 janvier 18282, est un officier français de la Révolution et de l'Empire. Il est le père de Victor Hugo.

– Nous ne sommes pas trop pressés, nous avons rendez-vous à
10 h, je te propose que nous passions par Notre-Dame pour voir
si Eugène avance bien dans ses rénovations.

– Excellente idée.

Nous n'avons, en réalité, eu que très peu de temps pour rendre visite
à la cathédrale et son rénovateur et c'est avec une légère angoisse que
nous nous approchons du lieu de mon initiation.

– Nous voici arrivés, Charles.

J'avoue que je ne m'attendais pas à cela ; la bâtisse est un immeuble
des plus classiques de Paris. Comment imaginer que dans ces murs se
cache un temple maçonnique ?

– C'est ici ?

– À quoi t'attendais-tu, Charles ?

– Il est vrai qu'il n'aurait pas été judicieux d'avoir au fronton un
écriteau indiquant *Bienvenu dans la demeure des maçons*.

– Ah, ah ! Je te retrouve bien là, mon ami !

Nous entrons dans le bâtiment par un porche de sept marches ; je ne
peux toujours pas m'empêcher de compter, de tout mettre en nombre.
Je me remémore le jour où ma différence m'est apparue telle un
problème avec le franchissement des trois marches de mes grands-
parents, puis quelques années plus tard ce furent les cinq marches
menant à l'entrée de la demeure d'Étienne, déclenchement de ma
propre reconquête. Est-ce que ces sept marches seront celles de la vérité
sur cette empreinte de l'ange manquante.

– Charles, nous allons te demander d'attendre quelques instants
ici, quelqu'un va venir te voir.

Je me retrouve, un moment, seul dans ce petit salon, à peine éclairé,
à espérer je ne sais qui, ni quand. Les minutes me paraissent

interminables, alors je réfléchis, je scrute la pièce et tente de dénombrer la quantité de petites fleurs dessinées sur les murs…

– Monsieur !

Un homme que je ne connais pas vient de surgir.

– Vous avez désiré rejoindre notre humble institution, est-ce de votre libre arbitre ?

– Oui, monsieur.

– Dans ce cas, je vais vous demander de mettre ce bandeau sur vos yeux et je vous guiderai vers votre première épreuve.

Je m'exécute et suis « aveuglement » cet inconnu. Il m'emmènera dans une autre pièce encore plus sombre et ornée de symboles tous plus différents les uns des autres. J'y resterai près d'une heure, à méditer sur mon sort et à remplir quelques réponses à des questions présentes sur un morceau de papier. La cérémonie proprement dite durera un temps que je ne saurais exprimer ; une heure, deux heures peut-être. L'intensité du moment fait que je ne suis revenu réellement à moi que pendant le repas qui suivit mon initiation.

C'est empli des questions et d'images que nous sortons du bâtiment pour retourner sur Terre-Bounnain.

– Alors mon frère Charles, comment te sens-tu ?

– Je ne saurais te dire, à la fois rempli et vide, à la fois éclairé et dans l'obscurité.

– Tu es encore sur le pavé mosaïque, mais très vite tu trouveras la bonne voie, ton propre chemin.

– Je ne sais comment te remercier de m'avoir fait confiance pour vous rejoindre Étienne.

– Les remerciements ne sont pas utiles Charles, je n'y suis pas pour grand-chose, c'était écrit, tout est écrit…

CHAPITRE 23 : RECONNAÎTRE

Hiver 1851

Rose a repris les cours en septembre dernier, Milo étant en âge d'être sous la surveillance d'une nourrice. La différence par rapport aux autres années est qu'elle a rejoint l'école communale pour fille de Terre-Bounnain. Depuis la loi Falloux promulguée le 15 mars 1850, une école de filles est obligatoire dans les villes et villages de plus de 500 habitants, et nous comptons 808 âmes. Cette loi me fut bénéfique à plusieurs niveaux ; il n'y a pas de hasard, me dirait Étienne. C'est en raison de celle-ci que les travaux avaient lieu à l'école de Terre-Bounnain au printemps 1850, ce qui me permit d'aller voir Hugo et d'être initié le lendemain. C'est également cette loi qui rapproche mon épouse et comme nous habitons dans l'école, d'avoir toujours près de nous notre fils Milo, en permanence sous l'œil bienveillant de sa nourrice.

Le rituel du réveil de Milo s'est mis en place depuis quelques semaines, il sort de son petit lit et se dirige dans notre chambre. Il entrouvre notre porte afin de s'assurer que nous soyions éveillés, puis ce précipite à l'intérieur et saute sur les draps.

– Papa ! Maman ! Un câlin !

Sa petite tête brune se blottit dans les bras de Rose et son regard vert émeraude me fixe pour qu'à mon tour je les enlace. Et je remercie, tous les matins, le Grand Architecte de l'Univers [42] d'avoir laissé l'ange Lailah poser son doigt sur les lèvres de mon fils... il possède son empreinte de l'ange !

Il est 7 h 30 du matin, la nourrice de Milo frappe à la porte.

– Bonjour, Adélaïde, comment allez-vous ?

– Fort bien monsieur Pagiaut.

Le choix d'Adélaïde m'est apparu évident dès notre première rencontre, son sourire constant, sa bienveillance et son visage buriné par le temps m'ont de suite rappelé ma grand-tante Suzon. Le son de sa voix, les traits de son visage seront gravés à tout jamais dans ma mémoire, elle est, et restera à jamais le personnage central de mon plus ancien souvenir. Je ressens en Adélaïde cette même douceur envers Milo que grand-tante Suzon avait pour moi.

– Où est mon petit monstre ?

À ces mots, Milo court dans le couloir et se jette dans les bras d'Adélaïde. Nous n'aurions pas pu nous permettre la présence journalière d'une nourrice sans l'aide de mes parents ; ils participent en partie à la rémunération d'Adélaïde, Milo étant leur unique petit-fils.

Nous quittons notre maison vers 7 h 45 afin de rejoindre nos classes respectives et de préparer l'arrivée de nos élèves. Dès 8 h 10, nous nous

---

[42] Nom donné par les francs-maçons à Dieu.

retrouvons avec Rose à l'entrée commune de l'école des filles et de celle des garçons, pour accueillir les enfants.

    – Bonjour monsieur Pagiaut.

    – Bonjour madame Pagiaut.

Toujours ses mêmes sourires, toujours les mêmes petits mots affectueux du matin.

À 11 h 45 précise, la cloche de l'école des filles et celle des garçons tintent à l'unisson et l'ensemble des classes se vident, les enfants s'en retournant chez eux pour le déjeuner. Nous retrouvons alors dans notre demeure, Milo qui nous attend avec Adélaïde pour un bon repas. 13 h 15, retour dans l'école et 16 h 30, retour à la maison avec l'accueil toujours aussi chaleureux de notre petit Milo.

    – Papa ! Mamain ! Calin !

Nous mesurons la chance que nous avons de pouvoir exercer un métier qui nous épanouit et qui nous permet de passer autant de temps avec notre fils.

Cet épanouissement personnel est probablement dû aux discussions des travaux que nous réalisons dans ma loge maçonnique *Les enfants de la veuve*. Chaque tenue est l'occasion d'avancer dans ma recherche propre, d'avoir une autre vision sur moi et les autres, une vision plus ouverte sur le monde. Malheureusement, depuis le coup d'État de Louis-Napoléon Bonaparte du 2 décembre dernier, nous devons être encore plus discrets qu'à l'habitude, même s'il nous a assuré de sa protection.

Mon évolution, depuis plus d'un an que j'ai rejoint les frères des *enfants de la veuve*, a été importante, j'ai obtenu le grade de Maître Maçon et le Vénérable Maître de l'atelier, qui n'est autre qu'Étienne, m'a fait confiance en me proposant un poste d'officier, celui de secrétaire. Je dois retranscrire tout ce qui est dit durant nos travaux, en faire des résumés… je me sens totalement dans mon élément, et pour couronner mon enthousiasme, les nombres ont une très grande importance en maçonnerie.

Le dimanche suivant, le 21 décembre, nous avons décidé de faire une sortie particulière avec tous les frères des *enfants de la veuve*. Nous remontons à pied la rue Soufflot, et nous dirigeons vers le Panthéon où tant de grands hommes sont inhumés, mais ce qui nous amène aujourd'hui c'est le fameux pendule de Foucault[43]. Nous devons cette merveille de technologie au célèbre physicien français Léon Foucault[44] dont le but était de mettre en évidence la rotation de la Terre. Nous savons que d'ici quelques jours le Panthéon va être rendu au catholique et l'expérience de Foucault va être stoppée, nous sommes d'autant plus enthousiastes de la découvrir.

Nous entrons dans ce magnifique temple républicain, pour quelques heures encore, et il se trouve là, en plein milieu de cette grande salle ronde qui surmontée par la coupole.

– Regardez-moi ce fil à plomb !

Pendu par un câble d'acier de 67 mètres de long, ancré à la voûte du dôme, une énorme sphère de prêt de 40 centimètres de diamètre et de pas loin de 30 kilogrammes.

---

[43] Le pendule de Foucault, du nom du physicien français Léon Foucault, est un dispositif expérimental conçu pour mettre en évidence la rotation de la Terre par rapport à un référentiel galiléen.

[44] Jean Bernard Léon Foucault, né à Paris le 18 septembre 1819 et mort à Paris le 11 février 1868, est un physicien et astronome français.

– Crois-tu que nous pourrions le récupérer pour notre temple ?

– Ah, ah !

– Messieurs, je vous en pris, restons discrets.

Au sol, un cercle en bois d'acajou, de six mètres de diamètre, est centré sur la verticale de l'ancrage du pendule. Il permet de définir l'espace d'oscillation, et pour voir ces fameuses oscillations, le bac est rempli de sable fin.

– Regarde Étienne, ces traces.

– Oui, c'est étonnant.

– À chaque passage du stylet, fixé à la base du pendule, un sillon est dessiné. L'expérience est concluante, la Terre tourne.

– C'est magique Charles.

– Je comprends maintenant pourquoi l'église qui a condamné Galilée, il y a plus de 200 ans, lorsqu'il affirmait que la Terre tournait contre tous les dogmes de l'époque, souhaite aujourd'hui démonter cette expérience qui prouve les dires du pauvre Galilée. Je voudrais que Louis-Napoléon Bonaparte revienne sur cette décision.

– Espérons, espérons, espérons Charles.

L'espoir, le mot est lancé... c'est probablement la raison qui me pousse à inventer ces petites histoires, ces petites aventures de mon personnage de fiction Milow. J'aimerais un jour publier ces récits pour attirer le public concerné, les enfants, à la tolérance, le sens moral, les initiés à la philosophie, la littérature, l'histoire, les sciences.

De retour à la maison, je me mets à mon bureau afin d'y inscrire quelques notes dans mon carnet bleu.

<u>Le dimanche 21 décembre 1851, Reconnaissance.</u>

La visite du pendule de Foucault fut des plus instructives, d'abord sur le plan scientifique et ensuite sur les paradoxes humains. La décision de Louis-Napoléon Bonaparte de rendre le Panthéon aux catholiques empêche ces derniers d'accéder à une expérience qui démontre qu'ils s'étaient trompés deux siècles auparavant.

Je crains qu'à force de conforter les hommes dans leurs certitudes, nous ne finissions par les confronter. Nous avons encore beaucoup de travail avec nos frères pour tenter d'améliorer tout ceci.

Mais heureusement de façon personnelle, j'acquiers de plus en plus de gratitude en m'ouvrant au monde. Je suis, aujourd'hui, reconnu en tant qu'époux, père, Maître maçon, officier de la loge et peut-être un jour... comme écrivain.

CHAPITRE 24 : RÉVÉLATION

Été 1859

Milo a dix ans aujourd'hui, il fait le bonheur de ses parents. Comme chaque matin, nous lisons ensemble le journal, en nous attardant surtout sur les articles d'Étienne.

- Te rends-tu compte, papa de tout ce qu'il s'est passé depuis que Louis-Napoléon Bonaparte a fait son coup d'État ?
- Milo c'était en 1851, tu n'avais que deux ans. Pourquoi me parles-tu de cet événement ?
- C'est marqué dans le journal.
- Montre-moi.
- Regarde, c'est ici, c'est même oncle Étienne qui l'a écrit.

Aussi étrange que cela puisse paraître, Milo a rapidement utilisé le terme d'oncle pour parler d'Étienne, probablement qu'il m'a entendu parfois appeler Étienne, mon frère...

—   Tu as raison, mon fils.

Je m'aperçois que nos premières années d'existences ont un socle commun avec Milo, nous avons vécu tous les deux un renversement à la tête de l'état : Louis-Philippe en 1830 et Napoléon III en 1852. Nous avons aussi vu des conflits : pour moi la révolution belge en 1831, la guerre de pâtisseries au Mexique et celle du Maroc en 1844, pour Milo la guerre de Crimée de 1853 à 1856, la seconde guerre de l'opium débutée en 1856, la campagne de Cochinchine commencée en 1858 et enfin la campagne d'Italie qui a démarré le 26 avril dernier.

Je suis très amusé par l'enthousiasme de Milo, il me rappelle de plus en plus l'autre Milow, celui des aventures du jeune garçon que j'écris dans mes carnets. Pour ces dix ans je lui ai offert la même casquette irlandaise que j'affuble à mon petit héros.

—   Merci papa ! Elle est très belle !

Je le laisse rejoindre ses amis qui l'attendent dehors, alors qu'au même moment Étienne fait son entrée dans la maison.

—   Bonjour oncle Étienne !

—   Bonjour, Milo, tu en as une belle casquette.

—   C'est papa qui me l'a offert pour mon anniversaire…

—   … justement, tiens, c'est pour toi.

Étienne lui tend un petit paquet que Milo s'empresse d'ouvrir.

—   Ouah ! Papa, regarde !

Il me montre un livre, Oliver Twist de Charles Dickens.

—   Merci oncle Étienne !

—   Je t'en pris, mon grand.

—   Allé, Milo, rejoins tes amis maintenant.

Étienne est venu me chercher, nous devons nous rendre à Paris où Eugène nous attend pour nous présenter la touche finale de la restauration de la Cathédrale de Paris : sa flèche.

—   Cela fait longtemps que nous n'avions pas vu Eugène, sais-tu comment il va depuis la mort de Lassus ?

– Il a beaucoup été marqué… mais c'était il y a deux ans, la rénovation s'est donc poursuivie sans lui, et Eugène paraît satisfait du travail accompli.

– À la bonne heure !

Notre discussion sur l'architecture de Notre-Dame dévie rapidement vers l'actualité plus brûlante avec notamment la fin probable de la campagne d'Italie et ses conséquences.

– Visiblement, le coup de force de Napoléon III d'attaquer les Autrichiens à Venise semble porter ses fruits.

– Qu'as-tu appris ?

– L'amiral Romain-Desfossés [45] qui commande l'escadre de Méditerranée est arrivé il y a 3 jours à Antivari [46]. Cela a fortement troublé les Autrichiens qui paraissent prompts à la signature de la Paix [47]. Sur ces bonnes nouvelles, nous nous préparons pour notre départ vers Paris.

En arrivant devant Notre-Dame, nous sommes subjugués par ce que nous voyons, les échafaudages ont été retirés, nous pouvons enfin admirer le travail accompli depuis seize longues années. Et en levant les yeux, nous l'observons pour la première fois cette nouvelle flèche resplendissante de finesse.

---

[45] Joseph-Romain Desfossés, dit « Romain-Desfossés », né à Gouesnou le 8 décembre 1798, mort à Paris le 25 octobre 1864, est un officier de marine et homme politique français. Amiral, député, ministre et sénateur sous le Second Empire.

[46] Bar de son vrai nom, ville de l'actuel Monténégro située sur le côté opposé de Bari en Italie, d'où son nom d'Antivari en opposition à Bari.

[47] L'armistice et les préliminaires de Villafranca ont été signés le 11 juillet 1859 à Villafranca di Verona, en Vénétie, par la France et l'Autriche. Il met fin à la guerre austro-franco-sarde qui constitue pour l'Italie, la deuxième guerre d'indépendance italienne.

- Eugène et Lassus ont réellement su faire revivre ce magnifique édifice pour des siècles et des siècles.
- Espérons Charles, espérons.
- Bonjour mes frères !

Eugène vient de faire son apparition et nous accueille à l'entrée principale de la cathédrale.

- Tu as fait des miracles Eugène.
- Cette flèche est splendide.
- Je me suis refusé d'utiliser des matériaux modernes, comme le fer, et j'ai privilégié une restauration fidèle aux techniques des premiers bâtisseurs de cathédrales.
- Comment as-tu fait pour la flèche, on dirait de la dentelle ?
- Du bois et du plomb, mon cher Charles.
- Le rendu final est extraordinaire.
- Merci. Je pensais que notre bonne vieille dame méritait de retrouver une flèche qui avait été démontée le siècle dernier par peur qu'elle ne s'effondre.
- L'axis mundi est rétabli.
- Mais arrêtons là nos discussions, que diriez-vous de voir ce qui se passe en haut.
- Tu veux dire monter dans la flèche ?
- Exactement Étienne. Suivez-moi.

Nous gravissons une à une les nombreuses marches ; la flèche culmine à 93 mètres... La vue est merveilleuse, nous voyons très loin au-delà de la capitale.

- Alors messieurs ?
- Magique Eugène, magique.
- Dis-moi, j'arrive à reconnaître les douze apôtres autour du pied de la flèche, ils ont tous le regard vers l'extérieur, sauf celui-ci, Saint Thomas qui équerre en main contemple vers l'intérieur.
- Bien observé Charles.
- Et j'ajouterai que son visage ressemble beaucoup au tien.
- Je ne peux rien vous cacher, mes frères.

– Je voulais pour l'éternité surveiller mon Grand Œuvre…

Paris a bien changé depuis ma première visite, lorsque je suis venu voir Zélia la rebouteuse. Des immeubles sont apparus et surtout… l'odeur nauséabonde a pratiquement disparu, voir même, certains quartiers sentent bons… merci monsieur Haussmann.

Nous terminons notre voyage par la visite de la *forêt*, c'est ainsi qu'est nommée la charpente de Notre-Dame, en raison du nombre d'essences utilisé pour sa construction et l'impression de nous retrouver au milieu d'un bois.

– N'as-tu pas peur qu'un jour elle prenne feu ?
– Tant que les gargouilles y veilleront… mais plaisanterie à part, grâce à notre frère Benjamin Franklin[48] passé à l'orient éternel, je sais que la flèche jouera le rôle de paratonnerre et ainsi la foudre n'atteindra jamais la forêt de Notre-Dame.

Sur le chemin du retour, je sors un nouveau carnet que j'appelle familièrement *souviens-toi,* j'y inscris toutes les idées qui me viennent à l'esprit, tous les petits détails que je pourrais par la suite mettre dans mon carnet bleu ou vert ; celui des aventures de Milow. Alors que j'écris quelques lignes en rapport à Notre-Dame, je sens bien qu'Étienne m'observe attentivement au lieu de regarder devant lui.

– Je te vois souvent prendre des notes de ce carnet, qu'écris-tu ?
– Des idées, des moments, des histoires.
– Est-ce en rapport avec le fameux carnet bleu ?
– Bleu et vert Étienne.
– Tiens donc, je n'avais connaissance que du bleu.

---

[48] Benjamin Franklin, né le 17 janvier 1706 à Boston et mort le 17 avril 1790 à Philadelphie, est un imprimeur, éditeur, écrivain, naturaliste, inventeur, abolitionniste et homme politique américain.

- Celui-ci est mon carnet de bord, le vert me sert à écrire des récits pour les enfants dont le héros est un petit garçon du nom de… Milow, avec un w après le o.
- Non, je n'y crois pas ! Tu t'es servi de mon deuxième prénom pour créer un héros de littérature ?
- Ça t'ennuie ?
- Pas le moins du monde Charles, bien au contraire. Tu m'avais déjà fait un énorme plaisir en nommant ton fils Milo, mais savoir que j'ai inspiré ton personnage m'honore.
- Me voilà rassuré.
- Et quels sont les sujets abordés ?
- Mon souhait serait de concevoir des récits compréhensibles pour les enfants, en les amenant à découvrir des lieux, des monuments, des figures historiques, mais surtout de réfléchir en s'amusant.
- Si je saisis bien, tu écris depuis longtemps.
- 25 ans.
- Non ?!

Étienne veut en savoir plus sur ces écrits, il me presse de lui montrer mes notes accumulées depuis ces nombreuses années dans mon carnet vert.

De retour à Terre-Bounnain, je vais chercher les précieux livrets et les lui présente.
- Je n'y crois pas. Mais combien d'histoires as-tu écrites ?
- 27.
- Laisse-moi en lire une.

Une odeur alléchante sort de la fenêtre de la cuisine, le jeune garçon ne peut y résister. Il court dans l'allée centrale menant à la maison, en tenant fermement sa casquette irlandaise afin qu'elle ne lui échappe pas sur le parcours.

Milow n'est pas un enfant comme les autres, ses yeux verts et ses cheveux courts cachent un petit garçon futé, prêt à tout pour partir à l'aventure. Mais comme tout bon aventurier, il se doit de prendre des forces avant de repartir, et la tarte aux pommes dont il devine l'odeur devrait largement y contribuer. [...]

Étienne va jusqu'au bout du premier paragraphe sans sourciller, puis s'arrête et me regarde... je suis dans l'attente...

- Détends-toi Charles, c'est juste fabuleux...
- ... merci.
- Il faut absolument que tu publies tes récits Charles.
- Tu crois ?
- Bien entendu, et je vais t'y aider.
- Comment ?
- Je vais dès demain proposer tes manuscrits à mon propre éditeur, la littérature enfantine commence réellement à se développer, il va être ravi.

Le samedi 2 juillet 1859, Révélation.

Voici arrivé mon dernier message dans mes fameux carnets bleus.

Aujourd'hui, est un grand jour, c'est la révélation que j'attends depuis que l'ange Lailah m'a oublié : ma destinée, devenir écrivain.

Aujourd'hui est un grand jour, Milo, mon fils à 10 ans comme mon petit aventurier Milow.

Aujourd'hui est un grand jour, Milow va être révélé aux enfants.

Charles Pagiaut, instituteur et écrivain pour enfant.

ÉPILOGUE

Le soleil nous réchauffe depuis de nombreux jours et l'enthousiasme déborde de toutes parts ; d'Étienne qui n'a pas ménagé ses efforts, de son éditeur qui a flairé l'opportunité du succès de mes récits et du mien devant tout cet engouement. La concordance des intérêts a permis des négociations rapides. L'éditeur a vite compris l'attention que susciteraient les aventures de Milow auprès du jeune public. Avant même la fin du mois de juillet 1859, il fallut que je propose mon premier manuscrit finalisé... ce fut fait, tant la perspective d'être publié me ravissait.

J'ai travaillé dur pour y parvenir, mais sans l'aide d'Étienne et Rose, je n'y serais probablement pas arrivé. Ils m'ont été d'un grand soutien, mais surtout ont été des relecteurs et correcteurs hors pair. En réalité, aucun manuscrit ne sera présenté à mon éditeur sans que le meilleur des lecteurs ne l'ait approuvé : Milo. Il s'attellera à sa tâche avec beaucoup de zèle, de questions et de réflexions, mais surtout avec énormément de bienveillance pour son père.

Le premier ouvrage sortira la semaine de Noël 1859 et rencontrera un grand succès. Quand les écoliers et les écolières de Terre-Bounnain ont appris que l'un de leurs instituteurs avait écrit un livre, il y eut un engouement et <u>Milow, le jeune aventurier</u> fut l'un des cadeaux les plus présents au pied du sapin. Milo, mon fils devint l'attraction de l'école, surtout lorsqu'il arborait sa casquette irlandaise.

En raison du nombre d'histoires que j'avais en réserve, mon éditeur estimait que je devais sortir une nouvelle aventure tous les six mois, ce que je fis avec joie, d'autant que de plus en plus d'enfants lisaient mes livres et attendaient avec impatience le prochain. Malgré les insistances de mon éditeur, je poursuivis mon métier d'instituteur en parallèle de celui d'écrivain ; je réussis à le convaincre que sans l'un, l'autre n'avait plus de raison d'être. Je finis, également par négocier qu'un certain nombre d'ouvrages soient gratuitement distribués aux enfants les plus pauvres, en renonçant à une partie de mes droits d'auteur.

Je me présente, Charles Pagiaut, je viens de terminer la quête de ma propre existence, celle d'un homme devenu lui-même et en opposition à l'ange Lailah, je poursuis une ambition, celle que les enfants se souviennent.

Un nouvel écrivain est né, alors cherchons et peut-être trouverons-nous quelque part dans notre vie les aventures du jeune Milow…